石牟礼道子〈句・画〉集

色のない虹

弦書房

装丁　水崎真奈美
カバー・表紙絵　石牟礼道子

目次

10年ぶりくらいに水彩の絵筆を持ちました。今最も描きたいと心に浮かんだのが、ハスの花です。

幼いころ近くの山によく取りに行ったサクランボを思い出しました。こんな立派な大きさではありませんでしたけれど。

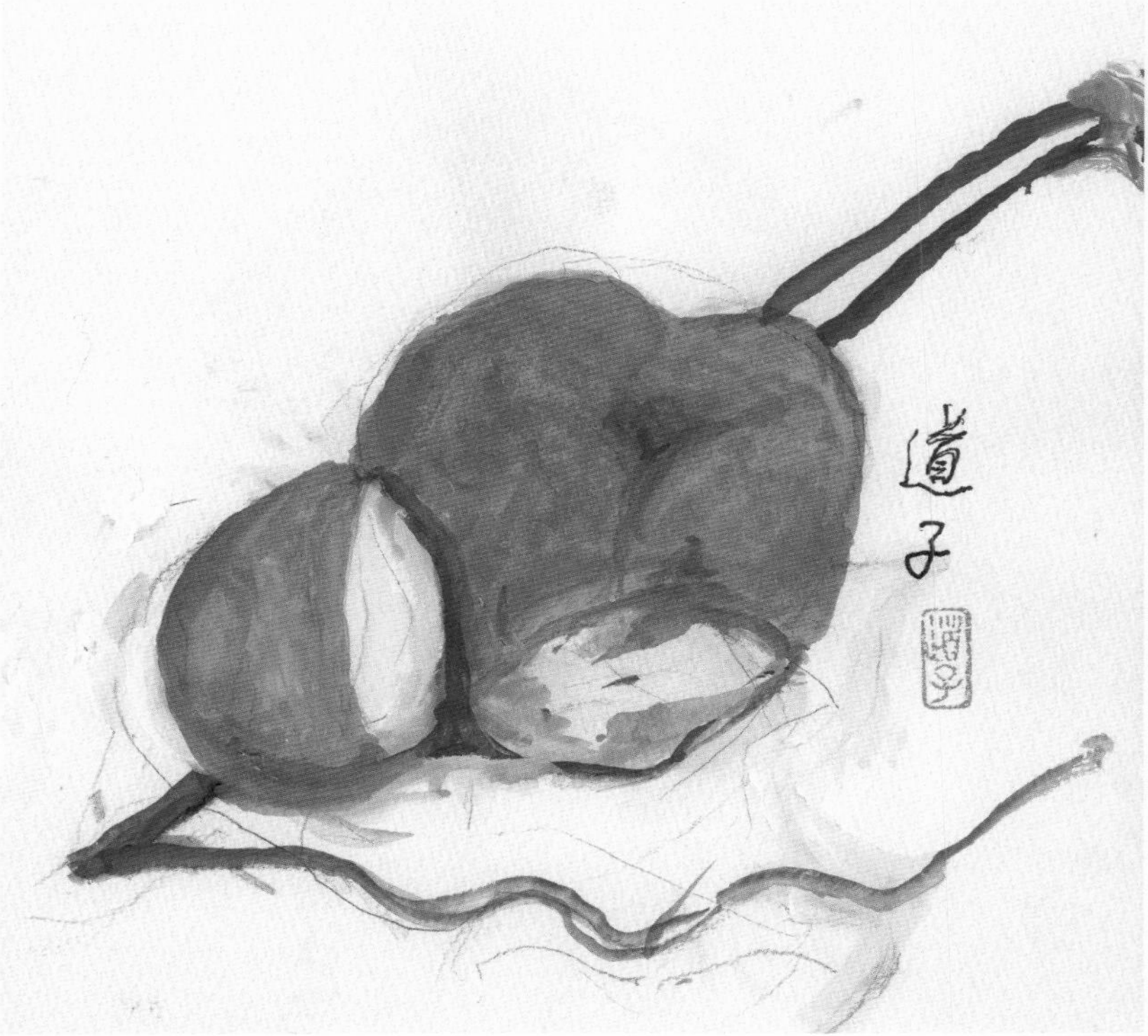

甘い香りに誘われて、食卓の桃を描いてみました。おいしそうでしょう。

不知火海の渚で拾われたハマグリの貝殻を描いてみました。一つずつ柄が違うんです。見事です。

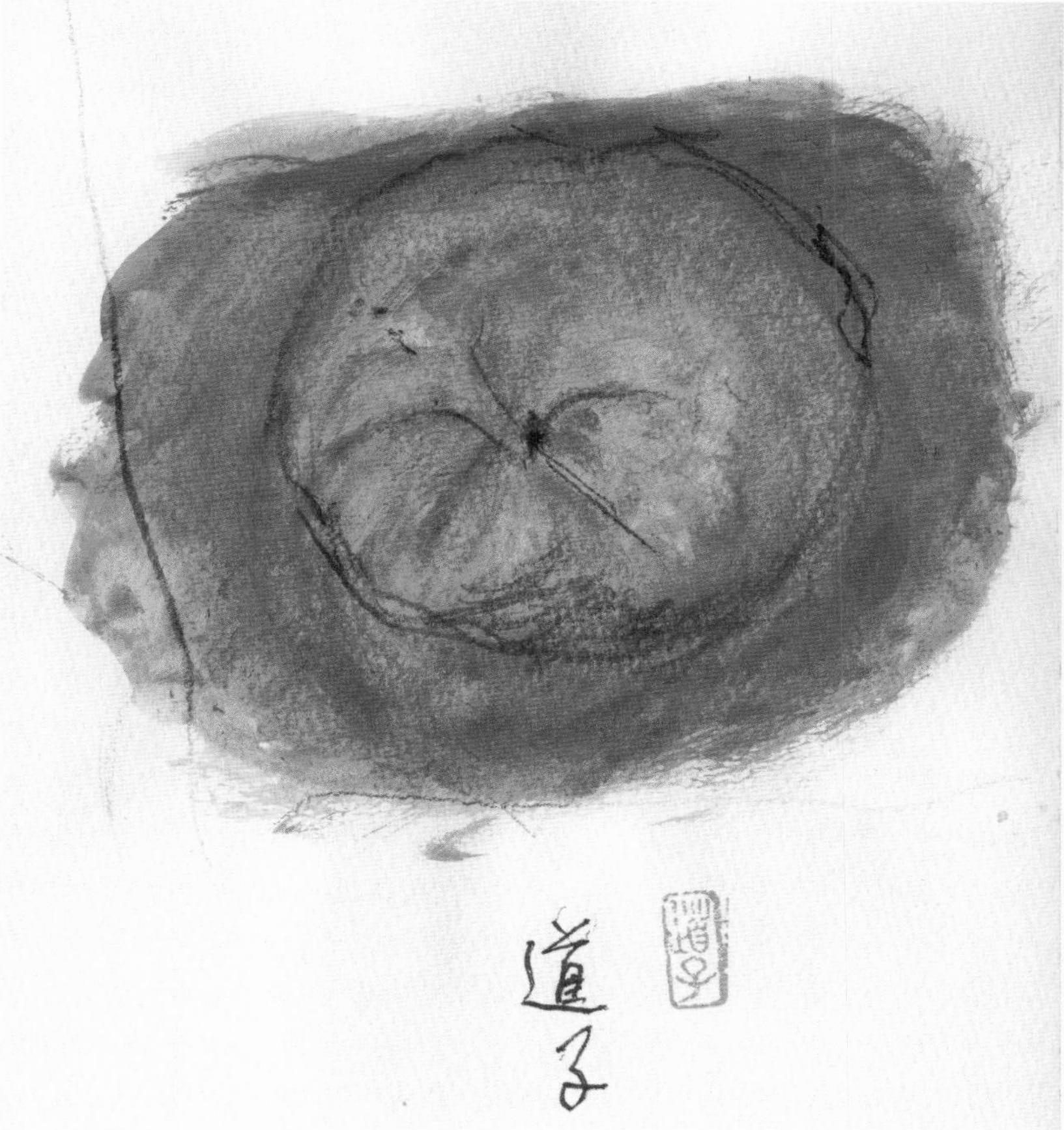

柿です。子どもの頃、学校から帰ると畑の柿の木に駆けて行って、落ちた実を拾ったものです。

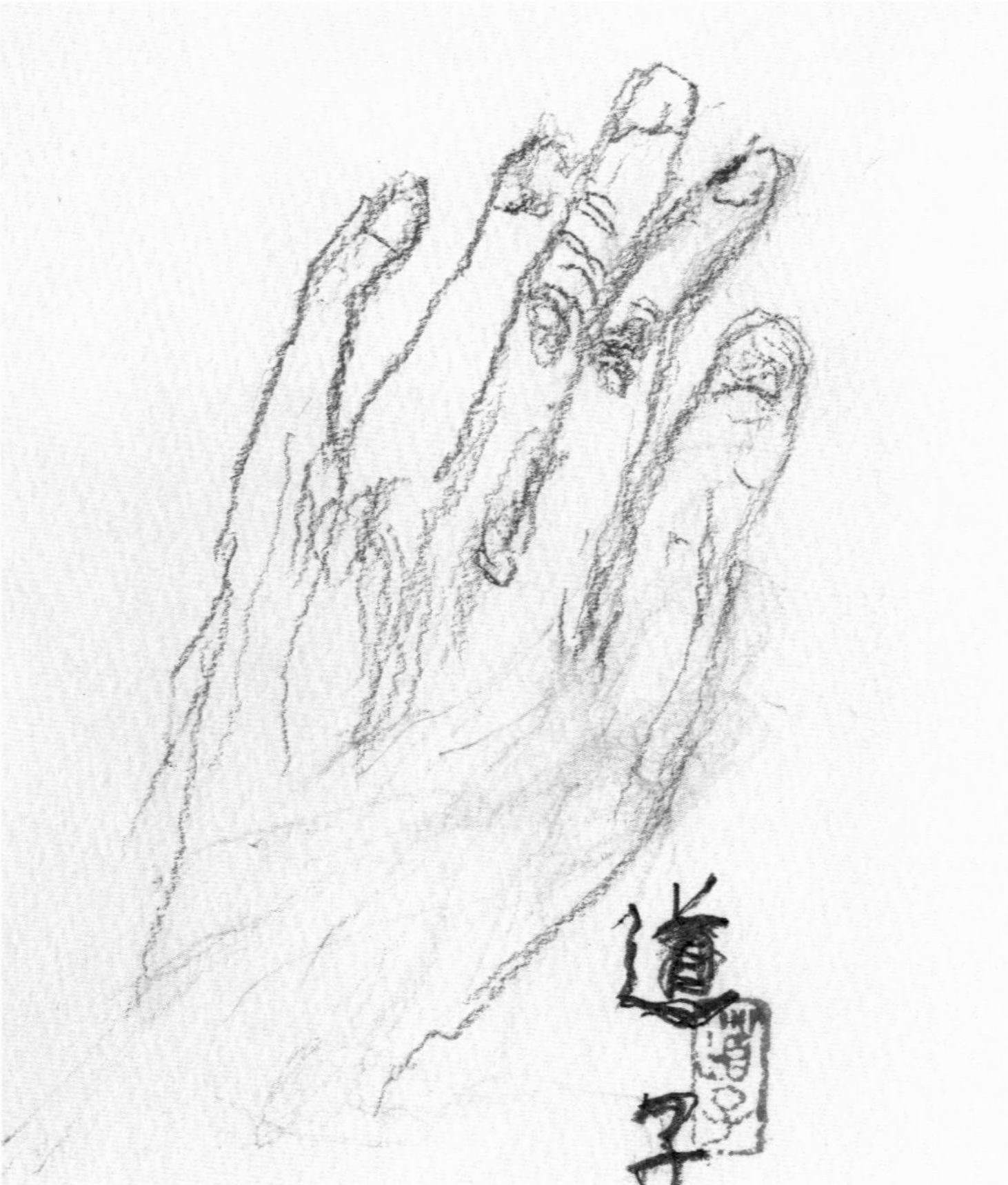

初めて描いた自分の手です。石川啄木に〈はたらけどはたらけど猶《なほ》わが生活《くらし》楽にならざりぢつと手を見る〉という歌がありますが、私もじっと見つめてみたくなったのです。ずいぶんやせて、しわの多い手です。

愛用の水彩絵の具。親交があった丸木位里・俊夫妻から贈られたもの。

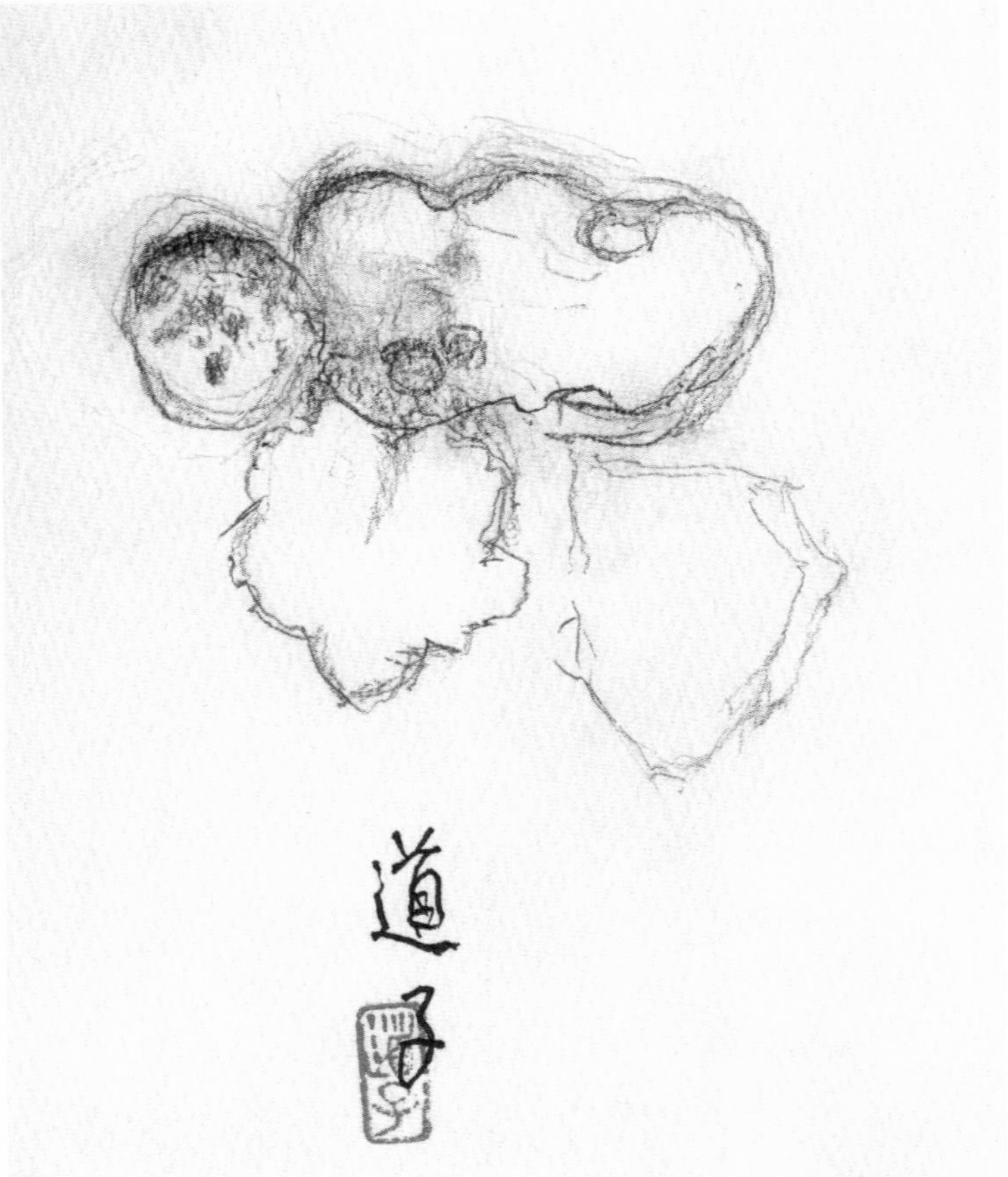

4 種類のおかきです。執筆の合間、おかきを食べながら
一息つくのが楽しみです。おいしそうに描けているかしら。

Ⅰ

色のない虹

二十一句と自句自解

前半生がとても過酷でしたから、いま、少しは楽に生きられるように努力しています。まだ書きたいことがあるのです。

亡魂とおもう蛍と道行きす

二〇一六年四月九日

四月は、思いを新たにする季節です。また一つ、年を取ったという気がしています。思いもかけず八九歳になりましたが、今まで何をしてきたのか、何を考えてきたのか、いまだにわからないでいます。

今、しきりに母が恋しいんです。汽車にひかれ、若くして死んだ弟をはじめ、亡くなった人たちをよく思い出します。そして、同い年の歌友で自殺した男性がいました。とても良い短歌を作っていらして、この人がいたおかげで私は文学の方へ導かれました。

それらの人たちのことを思うと、眼裏《まなうら》に幼いころ身近にいた蛍が映ります。水俣の田んぼや川の縁で、ピカピカと光っているのです。子どもだった私は、ああ、おった、おったと、後を追って行くんです。捕まえるわけではなくて、ただ光にあこがれて追って行く。

自殺した歌友の男性とは、その人が亡き魂となってから、やっと道行きができました。淡い思いかもしれませんが、亡き人の魂と交わる世界を心に持っているからこそ、私は生きてこられたのです。

あかね色に染まりゆく不知火の海。西に向かってひっそりと立つ小さな地蔵は、多くの魂を見守っているようだった（2016年3月28日、熊本県水俣市で）

あめつちの身ぶるいのごとき地震くる

二〇一六年六月十八日

熊本地震は、それはすごい揺れ方でした。いよいよ死ぬ時が来たばいなと覚悟しました。入所する施設の職員の方々に助けていただき、けが一つなくこうして生きています。

句に詠んだあめつちとは、天地、宇宙のことです。このたびの地震で人間は、宇宙の身ぶるいに巻き込まれたんですね。

地震後、宇宙が始まってからのとてつもなく長い時間というものへ思いを馳《は》せています。父は、石工でした。子どものころ父に「石はどこから来たの」と尋ねると、「石は天のしずくだ。天のしずくが石になるには、とても数え切れない年月がかかる」と言いました。

私たち人間は、大前提として、悠久の宇宙的な時間に包まれています。それは、宇宙の摂理に従って生きる卑小な存在であるということです。その摂理にいくら反抗しても無駄だし、それは良くないことです。でも人間には、その大前提を忘れてしまう癖がある。私は天の声をつねに聞こうとしながら、生きて来たように思います。

地震はとても怖いです。でもはるかな宇宙の時空にくるまれて生きる存在であることを感じると、人間の生死は小さな問題に思え、本当の意味では怖くなくなってくるのです。

甚大な被害を出した熊本地震。阿蘇カルデラの田園地帯では、石造りの農地整備の記念碑が無残に壊れていた（2016年5月31日、熊本県南阿蘇村で、超広角レンズ使用）

泣きながら原化けそこないの尻尾かな

二〇一六年七月二十三日

一九七〇年前後、北九州市の俳人、穴井太さんの俳句の会に参加した時、どなたかが、「泣きなが原」と呼ばれる大分県九重町の原っぱのことを口にされました。没落した長者の娘二人が、悲運を嘆き、泣きながらこの原っぱを通り、近くで亡くなったという伝説に由来する通称であることを後で知りました。

実際に穴井さんらと「泣きなが原」を訪ねたことがあります。たまたまでしょうが、深い霧におおわれていました。そこで私は、不思議な妖しい生き物を見たように思います。姿かたちが奇妙にゆがみ、何かに化けそこなったような、大きな尻尾が見えるのです。

私は熊本県の水俣で、山や川、海の様々な精霊たちの存在を感じながら育ちました。夕暮れ時にいつまでも遊んでいると、大人たちが「(化け物の)ガーゴが出るぞ。頭からガジガジかまるっぞ」と脅かしました。大人になって思い出すと滑稽ですが、ガーゴも村の共同体の一員として、愛されていたんですね。

「泣きながら原」という言葉の響きに、悲しみにおおわれたこの世のことを連想します。そして今も「泣きながら原」に棲《す》む精霊たちと交流しているような感じがしています。

長者の２人の娘が、悲運を嘆きながら歩いたという「泣きなが原」。一帯の草原では二つのピンクの花が、寄り添うように風に揺れていた（2016年７月９日、大分県九重町で）

天《てん》日《じつ》のふるえや白象もあらわれて

二〇一六年八月二十七日

おひさま（天日《てんじつ》）が、震えているように見えることがあるんです。私の心が孤独に震えているからそう見えるのかもしれません。

私の心象風景に現れるのは、一人の女の子。彼岸花でしょうか、一輪の緋色《ひいろ》の花を持って原っぱを歩いています。すると、白象も現れて花に導かれるようについて行きます。この世のすべての孤独を引き連れて、どこかに向かっているように感じます。

私は幼いころから孤独を感じていました。そして、精神を病んでいた祖母は、近所の人たちからのけ者にされていました。私も孤独でしたが、祖母の孤独はもっと深かろうと思って、いつもそばについてあげました。

祖母はよく「八千万億、那由他劫《なゆたごう》」とつぶやいていました。きわめて大きい数を意味する言葉です。私には「はっせんまんのく、泣いたの子ぅ」と聞こえて、たくさんの子どもが泣いている哀《かな》しみが張りつめた世界を想像したものです。

象は子どもの頃、熊本県水俣市中心部にある源光寺付近で興行したサーカスで初めて見ました。風格があって偉大な存在に感じました。サーカスで流れていたもの悲しい「美しき天然」のメロディーとともに記憶しています。

本堂の上に輝く太陽。強烈な光が、あたりを支配していた（2016年8月13日、熊本県水俣市の源光寺で）

常世《とこよ》なる海の平《たいら》の石一つ

二〇一六年九月二十四日

海をしょっちゅう見て育ちました。熊本県水俣市では、水俣川が不知火海にそそぐ、河口の集落に住んでいましたから。

目の前に広がる、穏やかで平らな不知火海を見ていると、母親の胎内のように感じ、すべての生命は海から陸《おか》に上がってきたのだと思わずにはいられませんでした。

生あるものすべての源を抱いている常世なる海の偉大さを感じながら、私は小さい石ころとして生きてきたように思います。

懐かしく思い出すのは、不知火海に突き出た大崎鼻辺りの渚で、遊んだことです。岩場を降りては、ハマグリ、カキ、タイラギなど、いろんな形や色をした貝を採りました。子どもたちが近づくと、岩場にくっついていた貝たちはコロコロ、コロコロと音を立てて一斉に逃げるんです。「人間が来たぞ！」と呼び交わしていたんじゃないでしょうか。

そんな豊かな海が、あの時（水俣病が発生した時）、毒の海になってしまったんですね。

海は静かです。潮が静かに満ちてきます。そして静かに引いていく。それを朝晩二回、繰り返しています。

島々に囲まれた不知火海。凪もなく、平らな海に漁船が浮かんでいた（2016年、熊本県水俣市の大崎鼻で）

泣きなが原　鬼女ひとりいて虫の声

二〇一六年十月八日

大分県九重町の草原「泣きなが原」はこの季節、ススキの穂波がきれいなんです。一九七〇年前後、初めて訪ねて以来、その美しい響きから、悲しみにおおわれたこの世をイメージする場所になりました。

俳句を詠もうとする時、私の心はいつも、泣きなが原にいざなわれます。わびしい草原に、私は一人。ほかには誰もいない。きっと私は、自分の孤独をとても深く感じてみたいのでしょう。でも、たった一人になってみると、そりゃあさみしい。その状態に耐えきれなくなる。

小さい頃から負けん気の強い、女のけんか大将でした。大人になってからも、泣きながら原から連なるこの世の矛盾、水俣病のことなどに挑んできましたが、私の方が敗れます。何度も挑むけれども敗れてしまう。

繰り返すうちにいつしか、女の鬼になっていたように思います。妻として母親として欠点だらけ。よか本ば書こうとだけ一心に思って。一生ものの作品になった「苦海浄土」は、鬼にならなければ書けなかった。

私はいま、これまでの人生で何をしてきたのか、心の中の虫の声にしょっちゅう問い返されているように感じます。哲学的な音色で。

「泣きなが原」一帯に群生するススキ。銀色の穂波の中で、小さな木が秋風に吹かれていた（2016年10月1日、大分県九重町で）

わが道は大河のごとし薄月夜

二〇一六年十一月十九日

私が生きてきた道は、大きな河の険しい流れの中にあるようだと思います。「苦海浄土」で描いた水俣病の患者さんやその家族と一緒に流れてきました。

耐え難い苦難を抱えた人たちです。でも、患者の一人、江津野杢《もく》太郎《たろう》君のお爺さんは、「この杢のやつこそ仏さんでござす」とおっしゃった。どんなに苦しいことがあっても、つらい表情ひとつ見せない杢太郎君の顔は、この世の苦しみを一身に背負った仏様のようだと言うのです。

坂本きよ子さんの亡くなったあと、お母さんに「桜の時期に、花びらば一枚、きよ子のかわりに拾うてやって」と頼まれた。何の恨みもおっしゃらなかったきよ子さんの最後の望みは、地面に散った、たった一枚の桜の花びらを拾うことだったのです。

そうやって生きている人たちがともに歩んできた道を、月が照らしています。煌々とした明かりではありません。薄雲がかかったように濁っています。月もこの世をかなしんでいるのでしょうか。道の先には、また苦労が待っているでしょう。この先も、私は一緒に歩んでいきたい。

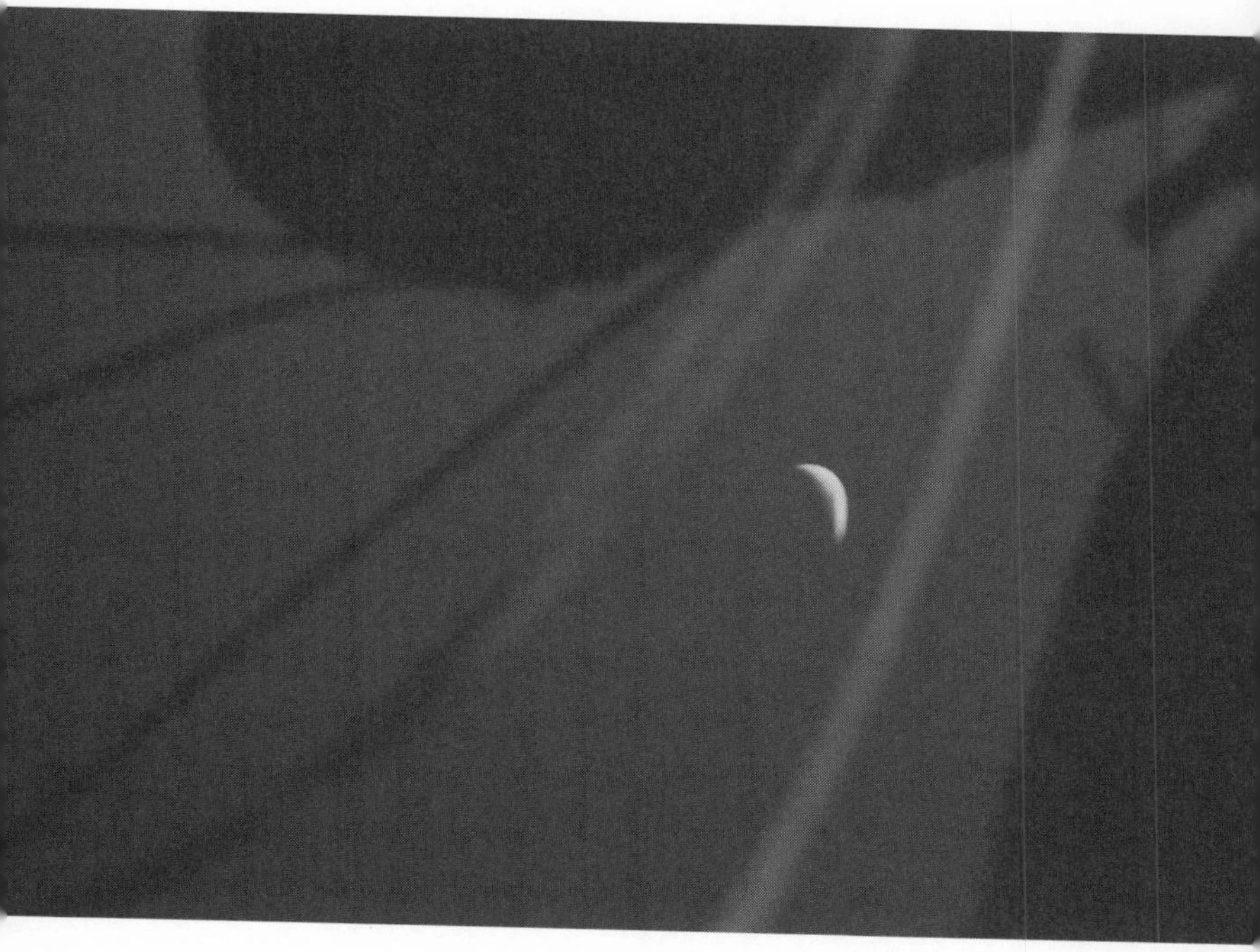

水俣湾に面した小さな漁港。ロープでつながれた船影そばの水面に、静かに月が映り込んでいた（2016年11月5日、熊本県水俣市の茂道地区で）

湖底《うなぞこ》に鬼の砦あり一歩近づく

二〇一六年十二月十日

水俣病と向き合い、海と命の関係について考え続け、心も体もボロボロになっていた一九七〇年代後半だったでしょうか、海に流れ込む川の源流がある山々の中に入り込もうと思い立ちました。心身を癒やそうと考えたのです。

友人と熊本県南部の山間部に行き、市房ダム湖（水上村）にも寄りました。日照りの年で、湖が枯れ、底に沈んだかつての村の廃虚が現れていました。その中に、「〇〇童女」と赤ん坊の名前が刻まれたお墓があるのが見えました。

家族らにとって、死んでしまった子の魂に寄り添う大切な場だったはずです。近代文明と引き換えに、魂のよりどころをも奪ってしまう無残なことが行われたのだと感じました。「天湖」（一九九七年）は、この時の体験を基に書いた小説です。

今回の句に詠んだ想像の〈鬼の砦《とりで》〉は、普段は決して見えない湖の底にあります。とても神秘的で、世俗にまみれて生きる人間は拒まれ、容易には近づけない、こわい場所です。でもそこには、大地や命を養っている水脈の源があるのです。私は一歩でも近づきたいと願っています。

水位が下がった市房ダム湖。荒涼とした光景の中、湖面が青緑の神秘的な色をたたえていた（2016年12月5日、熊本県水上村で）

花れんげ一本立ちして春は焉《おわ》りぬ

二〇一七年一月十四日

幼いころ暮らしていた熊本県水俣市の目抜き通り、栄町の裏に出ると、田んぼや麦畑が広がり、春になるとレンゲの花がいっぱい咲きました。まるで大地に絨毯《じゅうたん》を敷いたようで、とてもきれいでした。田畑を耕す大人たちのそばで、毎日のように花を摘んで指輪をたくさん作ったものです。

でも、もっと印象深かったのは花が終わった時期です。華やかで美しかった一面のレンゲは、種子の入った黒い豆状のさやをつけ、一本ずつ自分の力で大地と結びついて立っている本当の姿をあらわにします。特別じゃない、生きとし生けるものの普遍的な姿です。

さらに、季節の移り変わりという自然の偉大さも、レンゲを通じて感じました。それぞれのレンゲは、生命の循環の次の段階に移る準備をしながら花を咲かせ、さやをつけます。

つまり、夏の用意をしながら春は終わる。季節というのは、お互い助けあっているように思いますね。人間の知恵の及ばないところで、前の季節はしっかり次の季節のために働いているのです。

いまの子どもは、草花のことをあまり知らないそうですね。寂しいことです。

水俣湾を埋め立てて作った公園。季節が巡り、サザンカのピンク色の花びらが散っていた（2017年、熊本県水俣市で）

谷の道いまだ蕾めり梅一輪

二〇一七年二月二十五日

私は石工《いしく》の家に生まれました。幼い頃には、道路造りが家業のようになっていました。道路の基礎となる地中の石積みの部分、根石《ねいし》に石工の技術が必要だったのです。

「世の中を拓《ひら》くための土台ば造るとぞ」と、父は仕事を誇りにしていました。そして、「根石をおろそかにしたら道は壊れる。世の中を拓くどころか、崩すことになる。ものごとには、全部に土台がある」とも。

熊本県水俣市の山間部、湯の鶴温泉に通じる谷あいの道を造った時のことです。初めて道に足を踏み入れた人たちが、跳び上がってこう言ったそうです。

「花の咲いとった。花の道ぞ。神さんのおんなはった」。花は神様のこと。造りの良さに、神様の宿りを感じたのでしょう。

人の命や生活の源にあるのは大地のエネルギーです。当時は土の道。コンクリートに覆われた大地は、呼吸ができません。アスファルトの道では、「花の道」という畏れは生まれません。

梅はかつて、どこの人里にも植えられ、身近な花でした。蕾《つぼみ》が膨らみ、まさに咲こうとする瞬間の姿に、人知を超えた大地の心と声を感じるのです。

２月初め。湯の鶴温泉に続く道路に、梅の花がほころび始めていた（2017年、熊本県水俣市で）

渚《なぎさ》にてタコの子らじゃれつく母の脛《すね》

二〇一七年三月十一日

十一日は私の誕生日です。九十歳になります。これまでの人生で、折に触れて命の始まりについて考えてきました。

小学生のころに移り住んだ水俣川の河口の集落（熊本県水俣市）は、不知火海に面していました。春になると、母に連れられ、すぐそばの渚で遊びました。潮が引いた岩場にはタコの子もいて、母の脛にかじりついたり吸い付いたりとじゃれてくるんですね。母は「もじょかね（かわいいね）」と笑っていました。

陸と海は渚でつながっています。太古、生命は海から陸へ上がってきました。それ以来、双方を行き交う生き物たちの気配に満ち、たいへんなにぎわいの場であり続けたろうと想像します。

かつて、人間を含むあらゆる生き物は、命の根源である海、山の恵みに抱かれ、今では考えられないほど幸福だったことでしょう。しかし、近代の人間は、海も陸も着々と自分たちのものにし、利用するようになってしまいました。その結果起きたのが水俣病です。

水俣川の河口。渚に寄せる波が、春の日差しに
輝いていた（2017年3月3日、熊本県水俣市で）

汝《なれ》はそも人間なりや春の地震《なゐ》

二〇一七年四月八日

熊本地震の大きな揺れを、今も体が鮮明に覚えています。あの時、もう死ぬとじゃろうと思ったほどの衝撃でしたから。覚悟を決めて生きなきゃならんと思い続けています。

自然の驚異的な力の前では、人間は無防備で、無力だということを、あらためて突き付けられました。人間は本来どういう存在か、人間はどうあるべきかと、この世の無名のものたちから、問いかけられているように感じています。

この問いは、今の人間世界のありようが腑《ふ》に落ちない私にとって、文学表現の根本的なテーマです。被災してよりいっそう問いが深くなりました。また、私に問う資格があるのかとも自問しています。かつて、「幻のえにし」という詩に書いた〈わが祖《おや》は草の親〉との思いが、ずっと心にあります。人間も、名も知れぬ雑草も、大きな自然、宇宙があってこそ成り立っているわけです。ところが近代以降、私たち人間はその関係性をズタズタにしてきました。

今一度、一本一本の草木のいのちが育まれてきた悠久の地球の歴史にくるまれたい。あらゆるものをすべて包み込む、生類の源泉を探して、これからも旅を続けます。

熊本地震からまもなく1年。倒壊した家があった所は更地となり、郵便箱がぽつんと置かれていた（2017年3月30日、熊本県益城町で）

親の樹は砂漠に今もおらいます

二〇一七年五月二十七日

樹《き》があれば、すぐに登ってみるおてんばな女の子でした。私が育った熊本県水俣市でも、樹々は人間の身の回りで、暮らしを見守ってくれる存在でした。大地とつながって呼吸をしている樹々を、生命の象徴だと感じてきました。

新緑の季節はとても好きです。新芽が吹き出すころの山々に行くと、深い息ができますね。すると、あるイメージが浮かんできます。私は水辺を歩いています。そこは生命の始まりの場所です。ほとりには緑の樹々が生い茂っています。いちばん最初の親の樹から次々と生命が芽吹き、子の樹、孫の樹、ひ孫の樹……と、何代も何代もかけて根付いてきたのでしょう。

ところがどうしたことか、今度は、時の移ろいの中で、生命の象徴としての樹々たちはどんどん死に絶えてきたように感じます。かつての生命発祥の地はいつの間にか、不毛な砂漠のようになっていきます。自然とのつながりを損ない、失ってしまった人間の人工的な現実世界の行き着く果てを見ているような思いです。

しかし、過酷な砂漠のような世界と化してしまおうとも、絶望はしません。私の心には、親の樹だけは今もしっかりと息づいておらいますから。おらいますとは、生まれた天草の方言でいらっしゃるという意味の敬語です。私は親の樹の力を信じています。ずっと一緒に生きてきましたし、これからも一緒に生きていきます。

あたりを包み込むように枝を広げるクスの大木。初夏の日差しが、新緑にきらめいていた（2017年5月1日、熊本県水俣市で）

きょうも雨あすも雨わたしは魂の遠ざれき

二〇一七年六月十日

ここで言う雨とは、涙のイメージです。私はいつも泣いてきたように思います。それは、熊本県水俣市で暮らした幼いころの体験に由来しています。

祖母が精神を病んでいました。周囲にいぶかしがられていましたので寂しかろうと、私はいつもそばにいました。祖母の孤独はたいへん深かったと思います。

一人の人間の魂と他人の魂とは、出会うことがないのでしょうか。孤絶感をおぼえた時、私の魂は「遠ざれき」を始めます。九州の方言で、魂がさすらって行方不明になるという意味です。魂は同伴者を求めて、いつも肉体を抜け出そう、抜け出そうとしているんですね。誰しもそうだと思っています。

私にとっての同伴者とは、いじめられている人たち。石を投げられたり、木の枝で打ち払われたりして、仲間に入れてもらえない人たちのことです。

水俣ではかつて、他人の不幸に、「悶《もだ》えてなりと加勢せんば」と、他人の悲しみを自らの悲しみととらえて身悶える人がいました。

水俣病問題などの現実の悲劇に遭遇すると、私の魂は身悶えして、悲しみの原野にいざなわれます。そこには誰もいません。私は独り、涙を流すだけです。

俳句は破調しています。私の穏やかならざる心が、素直に出たからだと思ってください。

水俣病原点の地とされる百間排水口近くの水路。雨の中、いく筋もの流れが合わさりながら下っていった（2017年6月7日、熊本県水俣市で）

七夕や英雄になりたき日もありし

二〇一七年七月八日

幼いころ、七夕の飾り付けをするのが楽しみでした。父が山からいただいてきた竹に、色紙や、お人形をつるし、短冊には「山中《やまなか》鹿介《しかのすけ》になりたい」と願いごとを書きました。忠臣として知られた、戦国時代の英雄です。父から「お姫様になりたいとか、まちっと（もうちょっと）女の子らしかこつば書け」と言われましたが、きれいな女の人に憧れることがためらわれたのです。

暮らしていた熊本県水俣市では、近所に遊郭があり、遊女たちとふれあっていました。望んでいないのに、「きれいな女」を商売にしなければならない彼女たち。町では「インバイ（淫売）」と言われていました。「犬にたかるハエ」のイメージ。はばかられる言葉ですね。彼女たちが洗い髪をぶら下げて、白昼の通りを歩くと色っぽいでしょ。町の女の人たちは「インバイどんが昼間から風呂に入って」とペッとつばを吐く。

でも、町で一番親切だったのは彼女たちでした。雨が降ると、私の盲目の祖母が泥の水たまりに落ちないようにと、家まで手を引いてくれていました。「ばば様をお連れ申したばえ。もう安心でございもうす」と。天草弁の最上級の敬語です。自らが悲しい境遇だからでしょうか、思いやりの心がとても深いのです。

それは、私が持ちたいと願った強い英雄の心だったのかもしれません。今もかないませんが、願いだけは持ち続けています。

強風に抗《あらが》いながら、色とりどりの短冊をなびかせる七夕飾り（2017年7月2日、熊本県水俣市で）

戦《いくさ》して赤いクレヨンもなくなりぬ

二〇一七年八月十二日

戦時中、代用教員になり、熊本県芦北町の田浦小学校に勤めました。教員と言ってもまだ十六歳の少女でしたから、教育のまねごとをしていたと言った方がふさわしいかもしれません。

子どもたちに「戦に勝たなければなりません」と観念的なことをしゃべったり、「戦う少国民（戦時中の言葉で少年少女の意味）」と決戦下の気構えを言わせたりしました。「戦う」とは言うが、なぜ戦うのかを教えられない。たいへん悩みました。

子どもたちを連れて、出征する兵隊さんたちを見送りに行くのもつらかった。日の丸の小旗を振って、「バンザイ！　バンザイ！」と叫ぶ。その小旗は、子どもたちと作っていました。薄っぺらな白い紙に、赤いクレヨンで丸を描いて塗っていく。青年たちが次々と出征していくにつれて、赤いクレヨンも足りなくなっていった。そのことがとても悲しかったですね。

戦死者が出る。身内では腹違いの兄と、叔父が亡くなりました。「名誉の戦死」と受け止めないといけないのでしょうけれど、「戦争は嫌」と言いたかった。でも、口に出すことはできないんですね。支配を受けると言えないですよ。戦争は嫌ですね。

あなたが戦争に行くことになったと思ってごらんなさい。断れんですよ。帰って来れんですよ。戦争というものはしたくないですね。

田浦小近くの高台にある戦没者の慰霊塔。戦争で亡くなった人の御霊《みたま》が、トン
となって舞っているように思えた（2017年8月4日、熊本県芦北町の田浦地区で

朝の夢なごりが原はひかりいろ

二〇一七年十月十四日

水俣川の河口の集落（熊本県水俣市）で育ちました。川の対岸には、不知火海に面して土手「大廻《うまわ》りの塘《とも》」が広がっていました。ススキに囲われ、キツネやタヌキ、ガゴと呼ばれる妖怪たちが棲《す》んでいて、妖怪たちに会ったと自慢する村人たちがたくさんいました。お化粧ばして、よか着物ば着て迎えてくれるそうです。結婚式の帰り、きれいかおなごになったキツネに化かされて明け方に目が覚めると、おみやげの重箱が空で油揚げだけが入っていたとか、ガゴたちと焼酎を飲んで楽しい一夜を過ごしたとか……。

村人たちには、自分たちはいのちのにぎわいにあふれた世界に生きているという自覚があるのです。私は土手に迷い込んでは、その世界と一体化したいと思っていました。人間が嫌で嫌で、キツネになりたかったのです。

心の原郷ですが、ほとんどが埋め立てられ、失われてしまいました。まるで朝の夢のよう。私は「なごりが原」と名付けました。「なごりが尽きんなあ」と人と人が別れる時に言いますが、もし大廻りの塘が残っていれば、夕暮れ時に誰でもその実感がわいたはず。対岸の天草の島々に沈む夕日に不知火海が照らされ、丸みを帯びた海原と海岸線が、ひかりいろに包まれます。荘厳で実に美しい。

土手の再生を願って、狂言「なごりが原」を書きました。先月、熊本市で狂言師の野村萬斎さんが演じてくれました。とても感謝しております。

水俣川河口に延びる「大廻りの塘」の埋め立て地。不知火海に沈む夕日が辺りを照らしていた（2017年9月4日、熊本県水俣市で）

雲の中は今が田植えぞコーロコロ

二〇一七年十一月十一日

歳を重ねるほどに、人は無邪気になっていくものですね。今朝も、蛙《かえる》の啼《な》き声が口をついてしまいました。

♪コロコロ　コロコロ　コーロコロ　♪コロコロ　コロコロ　コーロコロ

幼い頃に暮らしていた熊本県水俣市の目抜き通り、栄町は、通りの背後が田んぼで、春から夏になると小学校の行き帰り、蛙の声がまるで空から降ってくるようでした。雲の中は蛙たちが田植えの最中ばいねと。天上に田んぼがあるはずはないけれど、私にはある。今でもこの蛙たちの田植え唄が、私の一番楽しかった頃の情景と重なって空の遠くから聞こえてくるのです。

私の家は石工で、職人たちが何人も泊まり込んでいました。晩は焼酎飲みがあるでしょ。すると銘々が唄いなさる。父の安来節は、どうしてこんな節になるのかと思うくらいの音痴でした。母は一人ひとりに箱膳を出していましたが、兄《あぼ》と呼ばれた見習いの青年たちは、父の唄に箱膳をひっくり返すように転げ回って喜ぶのです。そして最後、真打ち、真打ちって手をたたく。祖父に、得意の江差追分を唄えってことなんです。美声で実に哀調を帯びていました。

やがて家業が没落し、水俣川河口の村に移りましたが、栄町での父や祖父たちの唄はとても大切な思い出です。あんなににぎやかな家はなかったなあ。今回の俳句は、誰もが口ずさむことができそう。誰か曲をつけてくださらんだろうか。

石牟礼さんが通った栄町通りそばの小学校。昼休みの校庭で、児童が秋空を見上げていた（2017年11月6日、熊本県水俣市で）

伝説の駄菓子手に入《い》らんかしら入らんかしら

二〇一七年十二月九日

伝説の駄菓子――。とても魅力的な甘さで、安くて、どこにでも売ってあるらしい。けれどもなぜか手に入らない。妙なことを言うと思われるでしょうが、こんなたわいもない空想が口をついてしまうのも、健康管理のため、大好きな甘いものを控えているからなのです。

最近、訪ねてきた知人が「僕はあれこれ我慢しないで、うまいものを食べて死にたいですね。石牟礼さんも、好きなものを食べた方がよかですよ、うまいものを食べて長生きしてください」とおっしゃった。それもそうだなと思いましたね。まあ、私はごちそうを食べたいとは思わないけれども、せめて甘いものくらいは食べたいなあ。

　庶民の歴史は、食べることに汲々《きゅうきゅう》としてきた歴史です。私も戦争の時はたいへんな思いをしましたけれど、日々を生きるなかで、心をのんびりと落ち着かせてくれる最たるものが、甘いものでした。思い出深いのは、母の蓬《よもぎ》餅です。畑で育てた小豆を煮て餡《あん》にし、摘んできた蓬をゆでて餅に入れ、こしらえてくれました。

　実はいま、ひそかな楽しみが、体のリハビリ訓練の一環として食べるビスケットです。女の子が遊ぶ、おはじきみたいにごく小さくて、薄い。一口にも満たない大きさですけど、香ばしくて、淡い甘さに満たされてます。

熊本県水俣市内にある老舗和菓子店のあんこもち。小ぶりで、素朴な味わいが地元の人たちに愛されている（2017年12月4日）

モスリンの晴れ着着てまた荷を負いぬ

二〇一八年一月十三日

子どもの頃、お正月になると、暮らしていた熊本県水俣市の目抜き通り、栄町の様相が一変したのを思い出します。晴れのにぎわいにあふれていました。

「正月着物《ぎもん》」と言っていましたけれども、みんな衣服をあらためていましたね。子どもたちも、一着は持っているんですよ。モスリンという織物の生地で、母の妹にあたる叔母が、晴れ着を作ってくれました。多彩な色合いで、とても華やか。下駄も新調してもらって。子どもながらに、町の人たちに「ちょっと見てちょうだい」というような誇らしい気持ちになったものです。

町のボスたちは、羽織袴《はかま》を身につけて家々をまわります。誰々は元気だったとか、人々の消息が飛び交う。石工だった私の家にもやってきて、母のごちそうや焼酎がふるまわれる。ボスたちに「お姉ちゃんになったね」と頭をなでられるとうれしくなって、母の手伝いもはかどりました。

年が改まり、また一つ年を重ねていくわけです。ただ、それは同時にまた一つ荷が重くなることでもあると、いつからか自覚したように思います。パーキンソン病を患ったこともそうですが、生きるとは荷を負うことだと実感しています。そういう生き方を私は選んでしまっているのでしょう。晴れ着にふさわしいような荷を持って歩きたいのですけれども、なかなか難しいのです。

成人式。晴れ着姿で一歩ずつ階段を上る新
成人（2018年1月7日、熊本県水俣市で）

徒《と》然《ぜん》のうなか　イルカと漕ぎ出す晩の海

二〇一八年二月十一日

私が暮らした熊本県水俣市の水俣川河口の集落は、「とんとん村」と呼ばれていました。最初に住み着いた人たちが、牛馬の皮を「とんとん」とたたいてなめす仕事をしていたからだそうです。対岸の天草から、不知火海を渡ってきたらしいです。流れ者です。

天草は、海のものはたくさんあっても、仕事がない島、飢饉《ききん》が続く島などと聞かされてきました。石工だった父も、天草から出てきています。

一隻の舟で、晩に天草を漕《こ》ぎ出ると、ちょうど潮に乗って、朝には水俣に着くことができたそうです。真っ暗な海は心細かったはずですが、父は「イルカどんがついてくる。人懐っこかけん、語りかけてくっとやもんね。徒然のうなかったぞ」と言っていました。徒然のうなかとは、寂しくない、孤独でないという意味ですね。

とはいえ、出郷の思いというのは、とても複雑ですよね。半分は故郷にいたいわけです、でも出ていかなきゃならない。そして、もう引き返せない。女の子であれば、外地に売られていった、からゆきさんがいたことをご存じでしょう。

父は、ずいぶんと頑張ったんだと思います。道作りの名人とまで言われていましたから。うちにも、天草などから出てきた石工見習いの兄《あぼ》たちがいましたが、彼らはかつての父の姿だったのでしょう。非常にかわいがっていたことを覚えています。

天草の島々に陽《ひ》が沈むころ、穏やかな海面に幾筋もの流れが連なっていた（2018年、熊本県水俣市で）

大好きな猫です。幼いころからずっと飼ってきました。なでてやると甘えてくるところがかわいいですね。

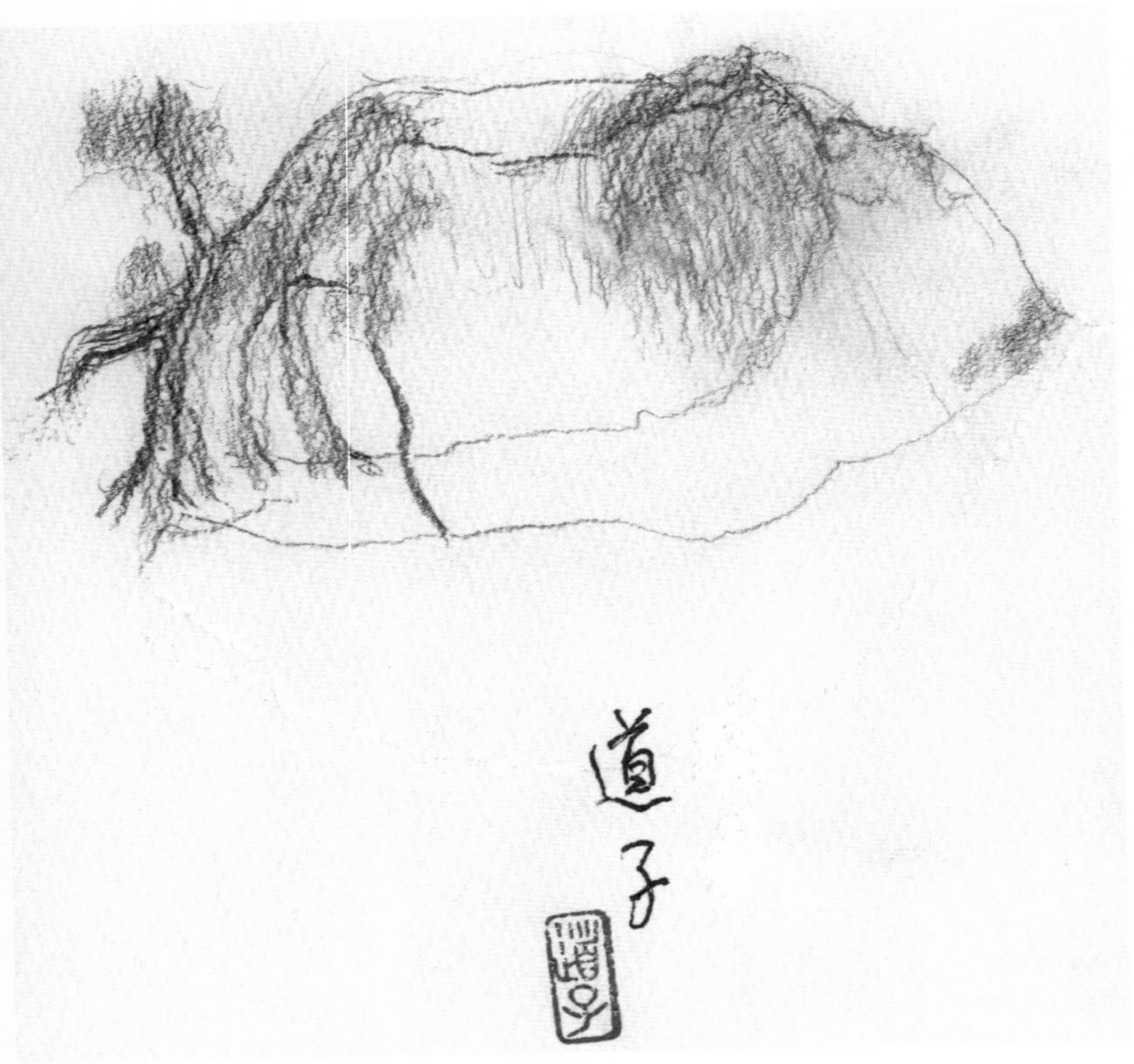

実家の裏の岩山を覆っていたカシの木やススキの間から大きな岩が見えたのを思い出して描きました。

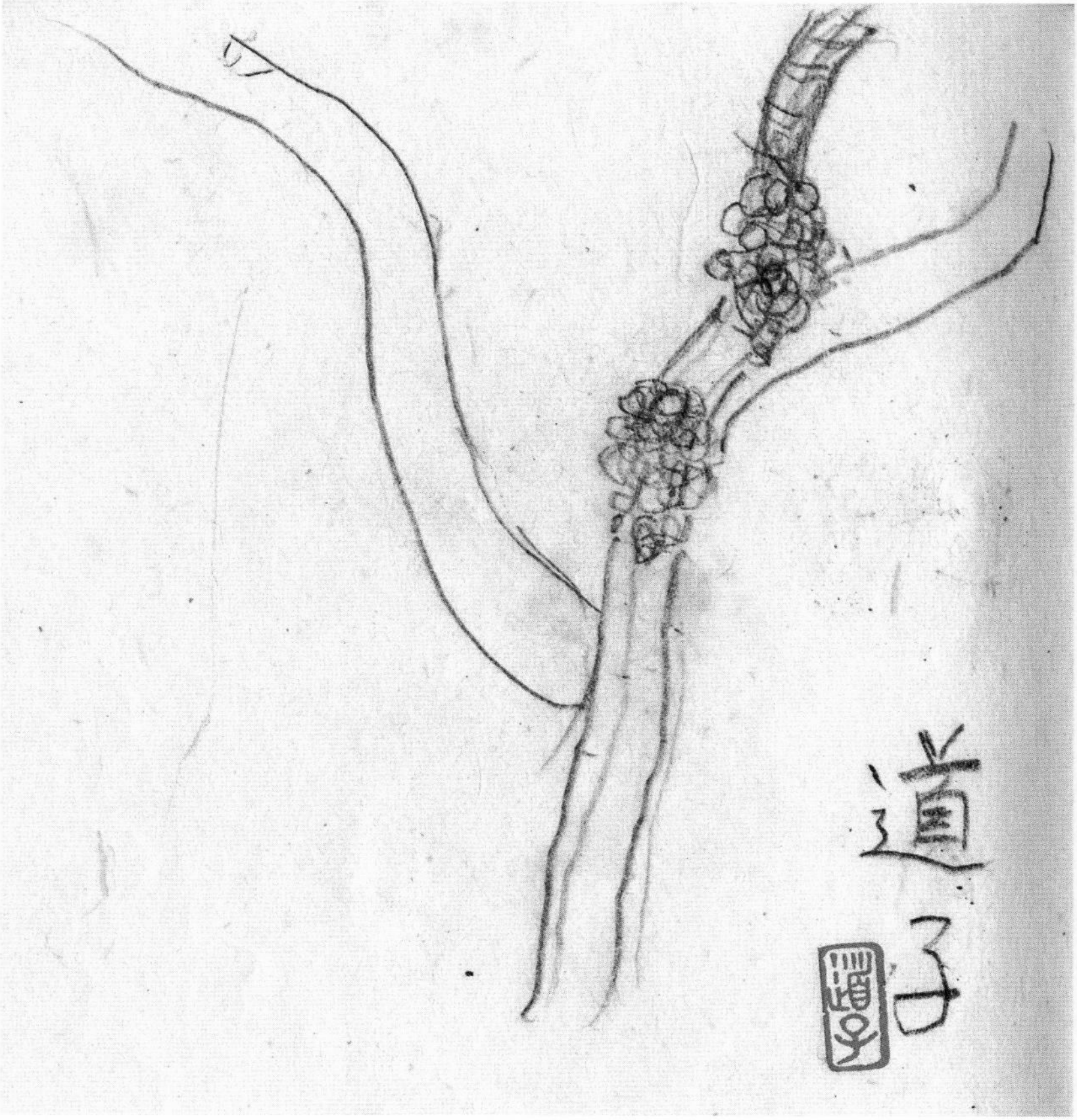

ヤマブドウです。子どものころ山で、よく食べました。

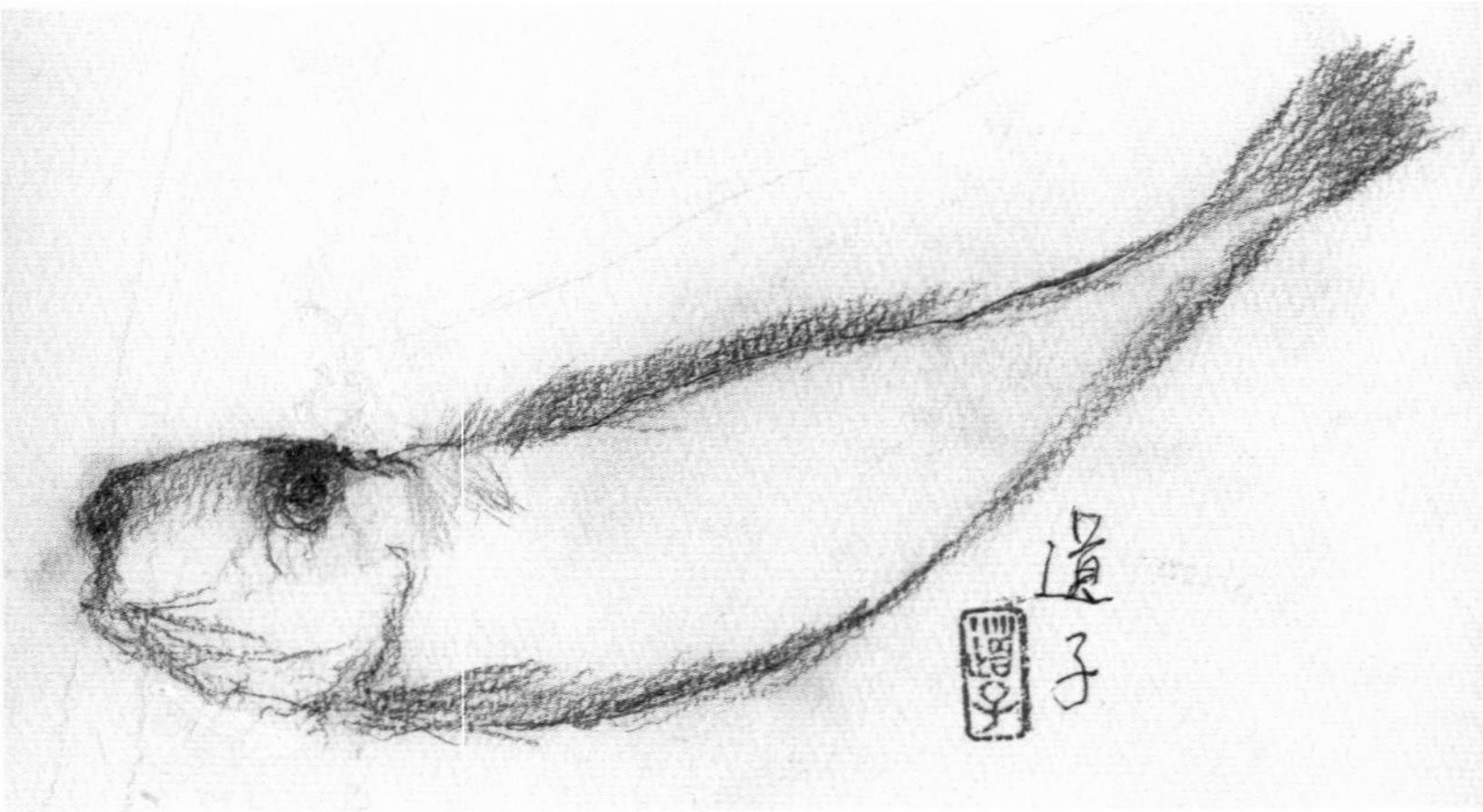

イワシです。子どものころから好きな魚で、地元でもたくさん捕れました。水俣の春の海と渚を思い出しながら描いているうちに、童謡の「春よ来い」を口ずさんで河口の土手を歩いているようなウキウキした気分になってきました。

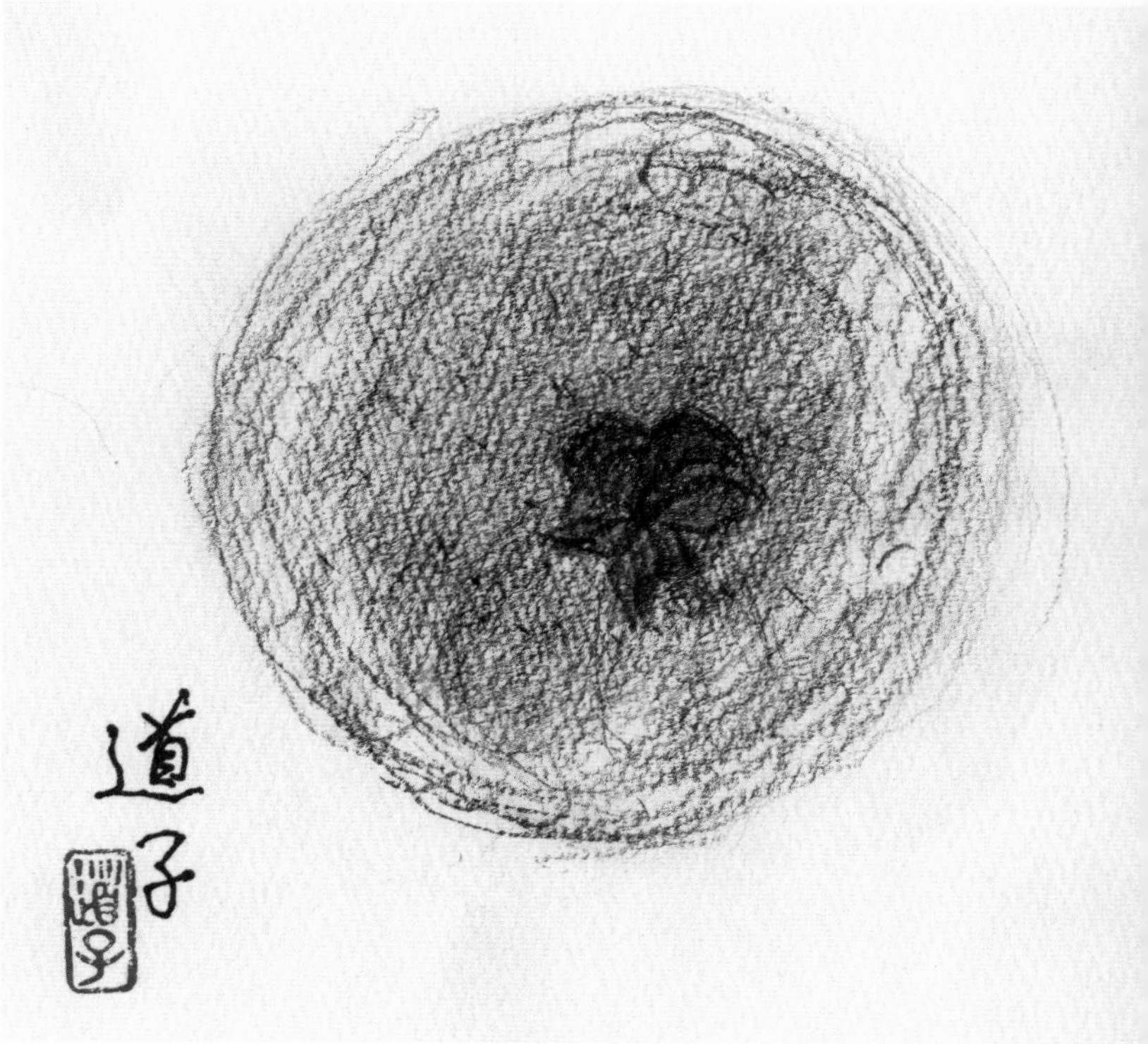

赤く熟れたイチゴ。柔らかそうで、赤ちゃんのあごみたいですね。

山しゃくやく（岩岡中正蔵）

「山しゃくやく盲しいの花のあかりにて」のことばが添えられた絵（岩岡中正蔵）

牛です。幼いころ、近所で飼われていた牛をじっと観察しては、地面に描いたものです。

Ⅱ

創作ノートより

三十一句*

*単行本未収録

長寿を褒められるのはもう飽き飽きしています。でも一生懸命生きてきました。何事も一生懸命だったと思います。

日輪と椿曼陀羅野はまろし

一九六七年三月

おとめ降りくる草のあいだの晩夏かな

一九六九年九月十三日

顔なしの姫が笑えり波すすき

一九八四年

のぞけばまだ現世かもしれず天の洞

一九八六年八月十二日

さあれ燎原のおもむきもあり苔の花

一九八六年八日十二日

ほうずきが群がるわたしひとりいて

一九八六年八月

いつの世の声きかんとて花すすき

一九九二年十二月

夕あかね野面はまろく花すすき

一九九二年十二月

わが海に入る陽昏しも虚空悲母

一九九六年元旦

白川先生[*1]九十歳の祝いに

くろき雲たち割れて竜の眸の涙

二〇〇〇年四月九日

青梅の落つるや雨に紅さして

二〇〇〇年六月二十一日

水底の名もなき沼に蓮ねむる

二〇〇一年六月十四日

天の獅子咆哮する野へゆかんとす

二〇〇五年九月

前の世のわれなりや今ゆきし草の笛

二〇〇六年六月八日

いつもより柿食べており母恋ひし

二〇〇七年十二月

目ざめては童女となりて母を呼びぬ

二〇〇七年十二月

目ざめては母を呼びおりその名は春野さん

二〇〇七年十二月

野のすみずみくきやかにひまわりの花畑

二〇〇九年

認知症のおさん女やひまわりの花を抱き

二〇〇九年

おもわずも共に見しかな言葉の紅葉

二〇〇九年

溝口滋子さまに[*2]

うつされしこころはくちず野バラかな

二〇一一年十二月三十一日

天上の蛙のどかにころころころころ

二〇一三年

ライオンがヒトを調教する露の朝

二〇一四年六月十三日

たずねゆく泣きながが原や霧の海

二〇一四年十一月

草の雲なすあたりにや白き一輪

二〇一四年

花びらの吐息のごとし指先に

二〇一五年五月九日

一輪の緋の花ふるえ白象もゆく

二〇一五年

おもかげや泣きなが原は色うすき虹

二〇一六年三月二十日

初春やひとあしごとに地震くる

二〇一六年四月二十七日

水底の仙女や故郷は雲の上

二〇一六年

白無垢の上に唐《から》綾《あや》の袷着て

二〇一六年

＊１　漢字研究者の白川静（一九一〇～二〇〇六）
＊２　代用教員時代の同僚

【解説】石牟礼道子の俳句——魂《アニマ》の国へ架ける橋

岩岡中正

Ⅰ　石牟礼道子の俳句とその世界

（一）はじめに

まず最初に石牟礼道子の俳句作品全体についていえば、それは『石牟礼道子全集・不知火』第一五巻（『全詩歌集』、二〇一二年、藤原書店）に、一九七〇年から二〇〇八年までの一八九句が収められている。その中心は句集『天』（一九八六年）四一句で、その他「創作ノート」の四七句、『同心』の「玄郷」の七句、『環』の「水村紀行」の九三句である。さらに二〇一五年、これらに石牟礼道子と高銀の対話を含む黒田杏子の「解説　一行の力」などを加えて『石牟礼道子全句集』（全二一三句収録、藤原書店）が出た。

本書は、その後の二〇一六年四月から二〇一八年二月までの約二年間の毎月、読売新聞（西部本社版）に連載された二一句とその自句自解および自筆の絵、さらにはこれまで『全集』等に未収録の三一句を加えて『色のない虹』としてまとめられた俳句と自筆画の『〈句・画〉集』である。そこでまず、石牟礼道子の文学と俳句の魅力について概観することから始めたい。

（二）詩人・石牟礼道子

私たちはいつも、生きているこの時代が何で、私がそもそも誰でありこの時代をどう生きたらいいのかという問いに迫られている。この問いに答えるのが思想であり、この思想を担うのが思想家だとすれば石牟礼道子は間違いなく思想家であり、同時にその思いをどう表現しひろく伝えるかを考える文学者でもある。石牟礼道子は元々主婦の一歌人だったが、水俣病と出会ってやむにやまれぬ運動を通して、現代が抱える根本的な罪悪にふれてより、社会、文明、人間、言語、歴史、思想、文学と、およそ人間の生と知に関わるすべてのジャンルにわたって広く深く人間と社会の問題を考えてきた。私は石牟礼を、時代の苦悩を深く見つめることで時代の病を根源から抉《えぐ》り出し未来をさし示す、ことばの本来の意味での「詩人」だと思っている。

つまり石牟礼道子は思想家、文学者であり運動家なのだが、何より豊かな感性で時代と人間と時代の苦悩を直感的にとらえてこれを越えようとする、最も広い意味での詩人である。

(三) 石牟礼道子と俳句

石牟礼の表現のジャンルは短歌、小説、エッセイ、詩、俳句から果ては能に至るまで、『全集』をみればわかるように多種多様で厖大である。韻文としての短歌が十代のメモの頃から石牟礼が「初恋」とまで言う表現様式だったが、水俣病と反対運動を通して時代の問題に深く関わるようになってからその表現手段は『苦海浄土』のような小説に移るのだが、それは石牟礼が散文世界に入って短歌的叙情から遠ざかったからだろう。つまり、初期に石牟礼が師事した歌誌「南風」主宰の蒲池正紀が、「あなたの歌には猛獣のようなものがひそんでいる」と言ったのは有名な話だが、石牟礼の猛獣は短歌には収まりきれなかったのである。それはちょうど漱石が、子規の死という事情を抜きにしても人間漱石の内的葛藤が「俳句」という『草枕』のような俳句的小世界では到底表現できないことから小説へ生命がけの跳躍をしたことに似ているかもしれない。

とは言っても他方、石牟礼にはそもそも最初から「俳句的世界」といった既成観念はなかったので、散文世界で人間の葛藤を描きつつも、短歌と同じ韻文の中でも俳句とその表現の単刀直入な率直さ明快さ深さを愛したのではないか。またそのようにふっと想いをもらすことで、心安らいだのかもしれない。それはちょうど、漱石が後半生、漢詩とともに俳句を愛したのにも似ている。そのことは、句集『天』の編集後記である「句集縁起」で穴井太が「俳句という詩型は、想いの果ての、むしろ沈黙を造型する文学形式」と言い、石牟礼が「思い屈したときふと溜息のように一句を紡ぎ、紡ぐことによってわずかに己を宥める、まるで己の遺書のごとくに句を紡ぐようにみえる」と言っているように、石牟礼にとっての俳句は、沈黙から思い余ってこぼす刹那の心情吐露であり、たとえば「有季定型」といったような既成の俳句概念からは無縁の強烈な一行詩であって、これがまた石牟礼にとって最も好みの短詩型だったのである。この点について石牟礼自身が『全句集』の「あとがき」で次のように述べている。

「句作はもともと独り言、蟹の吐くあぶくのようなもので、自分のことを俳人などとは露思ったことがない。若い頃は短歌を作っていたけれど、俳句の方が性に合っていたようだ。というのはふっと湧くイメージを書きとどめるとすむからだと思う。ふつうの人からすると、いささか気がおかしい人間の頭に湧くイメージだから、俳句になっているのかどうか知らない。」

そういえば石牟礼は私に何度も「私のは俳句と呼べるようなものではありません」と言い、私はこれをただの謙遜と思っていたが、それは実は、自分の俳句が既成の「俳句らしさ」とは無縁のもので、このような文学のジャンルなど軽々と超えるのは、いかにも石牟礼らしい。そもそも石牟礼は自分のことを「『作家』ではない」と言ったが、それは自分が物書きとして出発したのではないという以上に、近代の「作家主義」への否定であり「反文学」

宣言であって、そうした自在さもまた、石牟礼に気取らない俳句表現を選ばせたのかもしれない。

（四）石牟礼俳句のテーマ

石牟礼俳句を考えるにあたってまず、石牟礼文学全体のテーマにふれておく。それは「近代批判と共同性の回復」である。その構造は水俣病に象徴される「近代」の堕落に対する絶望と根本的批判を通して、「原郷」ともよばれる始原の世界へ立ち帰ることによって、新しい「もうひとつのこの世」を回復するというものである。石牟礼文学とは、近代化によって一切が解体された世界への根源的批判とともに、これを通して、自然・他者・自己・身体・時間・歴史・物語という一切の関係性と共同性、つまり大きないのちの回復をめざす、「救済の文学」である。それは全体として、この堕落から、回帰、再生へ至る一大叙事詩だといえよう。

こうした石牟礼文学の全体構造は、能「不知火」をたどればよく分かる。これは「人間の分別、命の精《しょう》と共にかく衰へゆくもせん方なし。忌《いま》はしの穢《え》土《ど》なるかな」という「終末の兇兆」への嘆きにはじまり、「この星焉《をは》るやまた創《はじ》まるや。一期の渚に秘花一輪、くづほるるとき現世も焉るべし。」という「犠牲と狂乱」から、「せめて今生《こんじょう》のきはに逢はんと」した不知火・常若《とこわか》の姉弟が、菩薩のはからいで「妹背《いもせ》の間」になって「うぶうぶしきその種子をば慈《いつく》しめ」という「救済と再生」へと展開し、「ここなる浜に惨死せし、うるはしき、愛らしき猫ども」が「神猫となつて舞ひ狂へ、胡蝶となつて舞ひに舞」う「祝婚の舞」でフィナーレとなる。こうして「不知火」は、堕落、狂乱、再生、祝婚という起承転結の一大ドラマである。私は、「もうひとつのこの世」へ至る石牟礼文学全体の構造から、石牟礼俳句全体を読んでみたいと思う。以下、それぞれ代表句をあげて紹介したい。

①文明批判――「天の病む」

祈るべき天とおもえど天の病む

死におくれ死におくれして彼岸花

三界の火宅も秋ぞ霧の道

死化粧嫋々《じょうじょう》として山すすき
列島の深傷《ふかで》あらわにうす月夜
毒死列島身悶えしつつ野辺の花
存在の闇深くして椿落つ
うつし世の傷口いえず冬の稲妻
わが湖《うみ》の破魔鏡《はまきょう》爆裂す劣化ウランとか

これらは句集『天』やその後の「水村紀行」からのものだが、『天』の出版の由来についてはこれを編んだ俳誌「天籟」主宰・穴井太の「句集縁起」(句集『天』編集後記)からも知られるように、石牟礼らの水俣病闘争に共鳴した穴井が、一九七一年石牟礼を戸畑へ講演に招いて、ともに九重の飯田高原の泣きながが原へ吟行した折の作品を、その後一九八六年かつての石牟礼のサークル村の盟友・上野英信もかかわって、穴井が句集としたのである。九重山中の薄原の真中にいても水俣病闘争で東奔西走の石牟礼の心中にはいつも水俣病患者がいて、彼らに「死におくれ」ているという思いが強かったし、水俣病を通して現代文明への石牟礼の怒りは極点にあった。この句の背景について穴井は、次のように述べている。「石牟礼さんの三界は、すでに神は病み、むしろ神は不在ではなかろうかという不知火の海や空に、いたく落胆しての九重行であった。……一寸先も分からぬ無明の闇」の中「裸足になって歩き出した石牟礼さんを、泣きながら原のお地蔵さんが、しきりに手招きしていたようだ。」

石牟礼はかねがね「天」をとても美しい字であり大好きで、そこには祈る気持ちがあると言っていたが、この俳句について石牟礼は私との対談で、谷川雁が「僕は、天は健やかだと思うよ」と言い、さらにこれに対し石牟礼が「非難の気持ちはありませんが」「どうもそう思えません」と言ったことがあり、この句は一瞬閃いた句だが、「そこにいくには日夜、何十年、考えていたことなんです。もちろん私も希望は持ちたいですけどもね」と明らかにした。つまりこの一句から、同じ詩人でも石牟礼と谷川雁の感性の違いは明らかだし、この一句に日夜何十年も考え抜かれてきたその間の沈黙の重みも見える。

つまり俳句が、短い言葉の背後にある深い沈黙と思いを集約したものとして読みとらねばならない「沈黙の詩型」だとすれば、石牟礼の俳句はこの点で、もっとも俳句らしい俳句である。

さらに「列島の深傷」以下の句は「水村紀行」からのものだが、「列島」の二句は二〇一一年東日本大震災の折のものである。「ミナマタ」と「フクシマ」はまさに地続きであり、私も被災地閖上《ゆりあげ》の無人の野に立って、能「不知火」の末世の予言めいた、〈わが見し夢の正《まさ》しきに、終《つい》の世せまると天の宣旨あり〉の一節や、〈瓦礫みな人間のもの犬ふぐり〉、〈陽炎より手が出て握り飯摑む〉〈涎《よだれ》鼻水瓔珞《ようらく》として水子立つ〉（高野ムツオ）の俳句を思い出したことである。石牟礼自身、エッセイ「もうひとつのこの世」で、「水俣病を極点として、私たちの列島は、まぎれもなく虐殺の時代に入った。緩慢な毒殺は至るところではじまっている」と述べているのは、これらの俳句への最も的確かつ十分な解説である。人間の欲望が極大化した天災人災を問わず世界規模でかつての予定調和的自然観が崩壊しつつある今日、思い余って口をついて出た石牟礼俳句は、時代の先端にあって俳句の領域を押し広げようとするものである。

②私とは誰か――「存在」の不安を超えて

角裂けしけもの歩みくるみぞおちを
銀杏《いちょう》舞い楓舞うなり生死《しょうじ》の野
まだ来ぬ雪や　ひとり情死行
水子谷夕焼け　山ん婆が髪洗う
離人症《りじんしょう》の鬼連れてゆく逢魔《おうま》ヶ原
鬼女ひとりいて後むき　彼岸花
誰やらん櫛さしてゆく薄月夜
椿落ちて狂女がつくる泥仏
前の世のわれかもしれず薄野にて
きょうも雨あすも雨わたしは魂の遠ざれき
盲《めくら》杖《づえ》媼《おうな》がひとり花ふぶき
往時茫々かなたの野辺の捨て児かな

向きあえば仏もわれもひとりかな
この春をまた遺書よりも生きのびし
われひとり闇を抱きて悶絶す
存在の闇深くして椿落つ

これらの句から、作家・石牟礼道子の原点として、心中に宿る「猛獣」、「不幸な意識」、心ここにあらざる「高漂浪《たかざれき》のくせがひっついた人」の「生き難さ」が見える。石牟礼の俳句は、「私とは誰か」という文学者の根本的な問いに率直に答えている。つまり石牟礼はこれらの句のようにいつも、「櫛さしてゆく」心を病んだ「狂女」の祖母・おもか様に重ねられた、「角裂けしけもの」、「髪洗う山ん婆」、「離人症の鬼」「鬼女」、「盲杖の媼」、「捨て児」であって、つねに「生死の野」をさまよい、ひとりの「情死行」を思って「遺書」を書き、ついには孤独の果てに「闇を抱きて悶絶す」る、どこまで業《ごう》の深い人間として自分を描いたが、そこから見える一切の「存在」は深い闇の中にあった。つまりここで詠まれているのは「存在」の不安である。いうまでもなく、このように悶絶する自分と一切の存在崩壊の激しさが、水俣病と文明への根源からの告発と闘争の文学を支えたエネルギーだという意味で、これらの俳句は重要である。

ただ他方、石牟礼とその文学は、「ヤヌス神」つまり「怒りと救い」の二面神の、「告発と救済の文学」である。その意味で、さらに石牟礼にはその悶絶の現世を超える、以下のような不思議な幻想、安らぎ、ユーモアの俳句世界がある。石牟礼はこの幻想の中で自分と出会うのだが、これらの一種のユートピア俳句もまた、石牟礼俳句のひとつの魅力である。

薄原《すすきはら》分けて舟来るひとつ目姫乗せて
樹の中の鬼《おに》目を醒ませ指先に
魂の飛ぶ狐ら大地を踏みはずし
人間になりそこね　神は朝帰る
間違えて地獄にいます老天使
ハゼの子ら豊葦原の葉にねむる

土竜《もぐら》にも夢ありまなうらに花の一輪
あてどなき仙女やふるさとは雲の上
わが生は川のごときか薄月夜《うすづきよ》
素裸《すはだか》のみみずよ地割れの大鼓鳴る
わが干支《えと》は魚《うお》花みみず猫その他
にんげんはもういやふくろうと居る

これらは、前述の「①文明批判」の告発やそれに続く悶絶の俳句からの脱出の俳句であって、石牟礼はここで「薄原分けて舟」で来る「ひとつ目姫」や「前の世のわれ」として、樹の中から目を醒ます。さらに石牟礼は、ときに「魂の飛」んだ狐になって「大地を踏みはずし」たり、「ハゼの子」や「土竜」、果ては「素裸のみみず」になって「わが干支は魚花みみず猫その他」とばかりに、天地に遊ぶものである。ときには「間違って地獄」に行ってしまった「老天使」や「あてどない仙女」や「にんげんはもういや」と「ふくろう」になりたかったりと、どこか安らぐ童話的でユーモアあふれる世界がここに描かれる。これらの俳句は、次の石牟礼の原郷（玄郷）つまりヤヌス神・石牟礼の「救済の世界」である、「もうひとつのこの世」への入り口である。

③内なる原郷への回帰――「洞《うろ》」と「道行き」

石牟礼にとって「原郷」とは何か。それは象徴的な場所としてはたとえば、いのちが生まれ賑わう「渚」や、小説『天湖』の「湖底」のイメージである。前者の渚は石牟礼が終生なつかしがった故郷水俣の「大廻《うまわ》りの塘《とも》」、後者はダムに沈んだ「天底村《あまぞこ》」である。石牟礼文学で興味深いのは、とくにこの後者のような源流回帰志向であって、ここではそこへの通路である「洞」や「胎《はら》」の俳句や短歌に注目したい。

天日《てんじつ》のふるえや空蟬《うつせみ》のなかの洞《うろ》
樹液のぼる空の洞《うろ》より蛇の虹
のぞけばまだ現世《うつしよ》ならむか天の洞《うろ》

水底《みなそこ》は洞《うろ》のあたりや紅ほおずき
天の胎《はら》　割《さけ》つつ　黄牛《あめうし》の角一本
岩窟の中に秘湖《ひこ》ありて春の雪
天上へゆく草道や虫の声
亡魂《ぼうこん》と思ふ蛍と道行きす
わが洞のくらき虚空をかそかなるひかりとなりて舞ふ雪の花

天にも人の心にも空蝉の殻にも、この世にはどこか一点天の裂け目のような洞《うろ》（穴）があるというのが、石牟礼の独特で奇妙な世界認識であって、これは渡辺京二のいう石牟礼の「欠損感」、「世界との距離感」、「寄る辺なさ」に関わるのかもしれない。この「洞」は、原郷への通路であり、石牟礼のいわば巡礼や道行きのイメージの具体化なのである。

ところでこの通路を通って救済に至るのだが、俳句その他一切の文学的手段によって石牟礼が言いたかったのは、その先の「ひかり凪」に輝く原郷への「道行き」という共同救済であった。「悶え神」である石牟礼にとっての共同救済とは、「団結」「連帯」「組織」といった近代的で便宜的なものではなく、むしろまず自分が徹底的に孤立しつつ、そこから一人でもあの世に行かなければならないと思い定めた人たちと病者たちとの絆であって、これを石牟礼は「道行き」と呼ぶのだが、石牟礼にとって俳句という直接の思いの吐露は、この絆への魂のよびかけであって、石牟礼にとっての俳句はこの人の独り言であるとともに、彼女が水俣病闘争の中で絆と共感のことばとして獲得したものではないか。つまり、石牟礼の俳句のことばとそのリズムに、もちろんパターン化したスローガンではなくて、どこかいのちがけの闘いの「道行きのえにし」へ向けて発せられる魂の力があるのはやはり、石牟礼の俳句がやむにやまれぬ「運動」とも深く関わっているからである。私たちは句集『天』の冒頭に石牟礼が次の詩句を置いた理由、つまりここでの俳句が水俣病運動という暗中模索の道行きの闘争の中で作られたことの意味をあらためて思い出す必要があるだろう。

「道行のえにしは
　まぼろし深くして

一期の闇の中なりし
道子詩経」

④ひかり凪の世界へ――再生と救済

こうした「洞」を通しての道行きの先に、内なる原郷がある。石牟礼は「入魂」というエッセイで、「油凪という云い方がわたしの近くにある。少し北上して、芦北郡沿岸にゆけば光凪ともいう。舟に乗る人たちの言葉である」、「これが自分の知っていた海であろうかと息を呑むほど、荘厳に変貌する海がそこにある。」と言う。もちろんこの「海と天が結びあうその奥底に」座ることはできなくとも、それは石牟礼がめざす原郷（玄郷）である。そこは、美的で澄明で調和のとれた、光といのちの賑わう安心《あんじん》の世界であり、次の句は原郷への祈りと讃美の詩である。

葦の風やめばわがうちの秘弦《ひげん》鳴る
天崖の藤ひらきおり微妙音《みみょうおん》

藤揺るる迦陵頻伽《かりょうびんが》の泉かな
霧の中に日輪やどる虚空悲母《こくうひぼ》
童《わら》んべの神々うたう水の声
わが耳のねむれる貝に春の潮
日輪も椿も曼陀羅　野《の》はまろし
原郷またまぼろしならむ祭笛
わが酔えば花のようなる雪月夜
ふるさとは桃の蕾ぞ出魂儀《しゅっこんぎ》
湖底より仰ぐ神楽の袖ひらひら
笛の音すわが玄郷の彼方より
さくらさくらわが不知火はひかり凪

（五）おわりに――「魂の国」へ架ける俳句

こうして石牟礼道子の俳句を通読してみると、その直観の鋭さや魂のこもったことばの力の点で、俳句という最も短い詩は石牟礼道子にふさわしい詩型だとあらためて思った。石牟礼俳句は、その文明への告発と社会性の鋭さ、その自己洞察の深さと、さらにこれらを踏まえた、ひかり凪の清澄な原郷俳句の詩情の高さにおいて際立っている。石牟礼道子は人間の喜怒哀楽を、自然・宇宙とともに体ごと俳句にできた人である。

つまり石牟礼俳句は、その文学全体と同様、「魂の文学」であって、その句には一切の存在の根っ子にあるなつかしさの原点としての魂がある。石牟礼は幼児期よりずっとこの魂の国の住人であり、「存在」と「非存在」の間《あわい》に住んできた。「色のない虹」とは、この「存在」と「非存在」の間に架かる橋であって、私たちは童女・道子に手を引かれて、この橋を渡って、魂のふるさとへと道行きする。石牟礼俳句のなつかしさは、この魂の共鳴によるものだろう。

俳句はそれを作る人と、これを自由に読み解釈する人たちによって作る、いわば共同作業だから、これらの石牟礼俳句を楽しく読んでその中からいくつも愛唱句を見つけて口ずさんでほしい。そうすれば天上の石牟礼道子も、「私は俳人ではありませんから」などと言いながらも、きっと喜ばれることだろう。このたび石牟礼道子三回忌に当たってその『〈句・画〉集』の出版を企画された関係者に心から感謝したい。

Ⅱ 『〈句・画〉集 色のない虹』について

この「色のない虹」シリーズは、熊本地震の直前の二〇一六年四月六日から石牟礼道子が亡くなった直後の二〇一八年二月十一日までの一年一〇ヶ月にわたって読売新聞西部本社版に毎月連載された、石牟礼道子最晩年の二一句の俳句と自筆の絵画およびそれらについての自句自解である。

このシリーズは石牟礼の最晩年のしかも病中の作品であって、辛抱強く執筆を助けられた担当記者の右田和孝氏の努力には頭が下がる思いがする。この作品群は、石牟礼自身、九〇年にわたる生涯を回顧しその心の風景を自分のことばで集約した、いわば絶筆であり遺書である。

もとより石牟礼の俳句は自由で作為がないし、文学作品として世に問うというつもりもない。ちょうど人生のフラッシュバックした断面を切り取ったような正直な告白であって、これらはいずれもこれまでの俳句らしさを超えたところにある、石牟礼の真情吐露にほかならない。一句一句については自分自身のことばで丁寧な「自句自解」があり、これに付された自筆の絵も素敵でそれ以上解説は不要だが、以下少し蛇足を述べたい。

石牟礼道子の俳句とその世界については先述の通りだが、この「色のない虹」二一句からも、石牟礼の俳句ないしその全文学のキーワードが浮かび上がってくる。最晩年の心の底に生き続けた一語一語から、石牟礼道子の世界が垣間見える。キーワード風にいえば、「亡魂」の歌友・故志賀狂太との長い心の文学交遊の深さ、「あめつち」にこめられた悠久、「泣きながら原」の精霊たちや鬼女となった己れ、「ふるえる天日」の下の少女の孤独や「遠ざれき」する私の魂、「常世《とこよ》」、「渚」、「親の樹」、「湖底《うなぞこ》」が象徴する生命と万物の根源への回帰、大河のごとき「わが道」や「汝はそも人間なりや」と自問自答する自我。これらは既述のように、石牟礼が生涯をかけて問い続けたテーマの一部であり、それらがすべて俳句という詩型を借りた心の叫びとして、ここに収められている。その意味で、この二一句と絵画は石牟礼道子の最後の貴重な肉声である。

Ⅲ　〈創作ノートより〉の句について

最後の〈創作ノート〉の三一句は、渡辺京二氏が石牟礼道子の資料整理の折、そのノートから新たに発見したものだが、この中には『全句集』や『全句集』と類似した句もあるが、ノートから作品の制作年月日が特定できたり、『全句集』と類似句を比べることで一句の推敲過程が明らかになるだろう。

なお、ノートの二〇一六年三月二十日〈**おもかげや泣きながら原は色うすき虹**〉の句の他、『全句集』の二〇一五年冬〈**色の足りぬ虹かかる渡るべきか否か**〉の句もある。「色のない虹」という本書の表題については、「編集後記」の通りだが、この日、石牟礼が泣きながら原で仰いだこの虹と関係しているのかもしれない。

〈文献抄〉

①『石牟礼道子全集　不知火』全一七巻（藤原書店、二〇〇四〜二〇一三）。とくに、第十五巻『全詩歌句集ほか』（二〇一二）
②石牟礼道子『石牟礼道子全句集　泣きなが原』（藤原書店、二〇一五）
③『石牟礼道子全歌集　海と空のあいだに』（弦書房、二〇一九）
④石牟礼道子『花の億土へ』（藤原書店、二〇一四）
⑤岩岡中正「石牟礼道子の俳句――その文学と思想の構造」「アナホリッシュ國文学」五号（二〇一三年冬刊）
⑥岩岡中正『石牟礼道子全句集　泣きなが原』への書評（熊本日日新聞、二〇一五年七月五日付）
⑦渡辺京二『もうひとつのこの世――石牟礼道子の宇宙』（弦書房、二〇一三）
⑧岩岡中正編『石牟礼道子の世界』（弦書房、二〇〇六）
⑨岩岡中正『ロマン主義から石牟礼道子へ――近代批判と共同性の回復』（木鐸社、二〇〇七）
⑩岩岡中正『魂の道行き――石牟礼道子から始まる新しい近代』（弦書房、二〇一六）
⑪米本浩二『評伝　石牟礼道子　渚に立つひと』（新潮社、二〇一七）

取材ノート

右田和孝

いきさつ

石牟礼道子さんに、新しい文学の創作をしてもらえたらどんなにいいだろう。俳句の連載を依頼したのは、そんな記者としての淡い期待からだった。パーキンソン病を患う不自由な体でいらしたが、俳句という短い詩であれば、可能かもしれないと思った。ひょっとしたら、石牟礼さんの文学がその口から誕生する瞬間に遭遇することだってあるかもしれないとも。

俳句を毎月一句詠んでもらって、その背景を語ってもらう。さらに自筆のイラストも添えてもらえないかとお願いし、幸運にも引き受けていただいた。いずれは一冊の句・画集にしたいと言われた。二〇一六年三月から、写真撮影を担当する坂口祐治記者とともに、石牟礼さんが入所する熊本市の老人ホームに通うことになった。月に少なくとも二回、多い時は毎週のようにおじゃました。それは、食事も寝起きもされる一つの生活空間に入り込んで、作家の晩年のゆっくりとした時間にふれることでもあった。最初、石牟礼さんが「誰にも遠慮せずに、寝床は敷きっぱなしにして暮らしとります」とほほえまれたことを思い出す。

俳句観

石牟礼さんが俳句を始めたのは、一九七〇年前後にさかのぼる。俳誌「天籟通信」を主宰した、俳人の穴井太（一九二六〜九七年）に勧められてのことだったそうだ。

「穴井さんから『石牟礼さんも俳句を詠んではいよ』と言われて。それで俳句を書いてみたら、たちまちできたんです」

一九八六年には、穴井の編集で、初の句集『天』を刊行している。以来、細々と詠んできたという。

石牟礼さんにとって俳句とは何ですか？

「カニが吐くあぶくのようなものです」

子どものころ、不知火海に注ぐ水俣川の河口で、カニたちと戯れていた光景を思い浮かべておられるようだった。それにしても、カニのあぶくとは？

「息抜きをするところですね。生きていくのは難しいですから。生きていきように困る。誰もが、お互いにそういうことを抱えていると思いませんか？　だから、そういう息抜きができる場所があるというのはありがたいです。私にとって俳句を作ることは、救いなのです」

俳句には、人知れぬ思いを込めることができるということなのだろう。


「色のない虹」


石牟礼さんは、連載のタイトルを「色のない虹」にしたいとおっしゃった。どういう思いがこめられているのか、すぐにはピンとこなかった。

「色のない虹というものが、果たして意味があるのかと思われたことでしょう。色がないならば、ないのと同じですからね。だけど、意味はあるんですよね。意味が隠されているんです」

意味が「ない」ようだけれども「ある」？　私がポカンとした顔をしていたからだろう。言わんとするところを、「この世」と「あの世」に例えて話をされた。「私たちが生きているのは『この世』で、亡くなってからいくのが『あの世』ですね。『あの世』は『この世』から遠いところのようだけれども、私が今日死ねば、『この世』はすぐに『あの世』になる。どこが違うのか言えば、生身でこの世を体験できなくなります。生身ではなくなる。けれども、魂は残ります。いま私はしきりに母が恋しいんです」

母はもうこの世にはいないけれども、なくなってしまったわけではない。それは「ない」けれども、確かに「ある」ことだ。

「私は色のない虹を見て歩いてきたように思います。しゃれたつもりで言っているわけではありません。『この世』の常識とは違うところを歩いてきました。それは実体がないようでも、あるんですね。何か、私を動かしている実体が」「私の場合、全部つながっているんですよ。これまで作品をぽつぽつ（ぼちぼち）発表してきましたけれども、その世界が色のない虹ですね。

私が書いてきた作品世界そのものでもあります」

『苦海浄土』『椿の海の記』など多くの著作を、一つひとつの独立した作品として発表してきたが、石牟礼さんにとってそれらは一つひとつでありながらすべてつながっていて、一枚の大きな絵のようなものだとおっしゃるのだろう。そこには、自分は何か大きなものによって、生かされているのだという実感がこもっているように思えた。

創作

俳句は、石牟礼さんの執筆を長く支えてこられた思想史家の渡辺京二さんを通じていただいた。でも時々、締め切りまでに出来上がらないこともあった。そんな時は無理に俳句を詠んでもらおうとはせず、一緒にお茶を飲みながら、昔の思い出話を聞かせてもらうのだった。面白いことに、語っておられるうちに、俳句ができることがあるのだった。

例えば、〈**谷の道いまだ蕾めり梅一輪**〉の句は、石工の父らが、水俣の山あいで道を造った時のことを話してもらっているうちにできた句だった。「道は何のために造るのか。父は言いよりました、『世の中ば発展させるためぞ』と。だから私に道子て名前ばつけたそうです」

〈**渚《なぎさ》にてタコの子らじゃれつく母の脛《すね》**〉の句もそう。父の道の話は、そのまま母から寝物語に何度も聞かされたという海の話となり、不知火海の渚のにぎわいを、それはうれしそうに話されるのだった。「水が温んでくると河口に行くんです。タコも、貝も、人間も……、あらゆるものが出てきますね。春先の海ってとても豊かな世界ですよ。俳句に、タコの子が詠まれるのは初めてじゃなかろうか」。

晩年の創作の泉は、きらめくような幼き日にあった。

イラスト

イラストを描かれるときは、いつも圧倒された。無口になられ、一時間でも二時間でも、筆先に全神経を集中されるからだ。ただ、「まっすぐに線が引けないんですよ」と口惜しそうではあった。パーキンソン病の影響で手が震えるためだ。使用する水彩絵の具がすてきだった。絵画『原爆の図』で知られた丸木位里（一九〇一～九五年）、俊（一九一二～二〇〇〇年）夫妻から贈られたものだという。丸木夫妻とは、絵本『みなまた海のこえ』を一緒に出しておられた。

最初に描きたいとおっしゃられたのは、一輪の蓮の花だった。蓮の花の写真を見ながら描いてもらった。驚いたのは、その描き方だった。てっきり、花から描かれるものと思って見ていると、茎から描き始められたのだった。大地から巡るいのちが、天に向かって花を開かせるように、するすると茎から、そして神々しい花へと、筆は動いていったのだ。

石牟礼さんが、とても頑固な人だということも、イラストを通じて実感した。せっかく時間をかけて描き上げても、気に入らなければ、掲載を固持される。例えば、「イチゴ」のイラストがそうだった。このときも、大方の人が描き始めるであろう、果肉の輪郭からではなく、へたの部分から描き出された。かなり丁寧に、丁寧に。しかし、ヘタを中心に描いたせいか、どうもイチゴらしく見えなくなってしまったとのことで、掲載しないでとおっしゃった。出来映えは悪くないですよと何度も励ましても、別の絵を描き直す、と。掲載は見送ったが、でも私は変わったアングルから見た面白いイチゴだと思っていたので、石牟礼さんには申し訳ないが、この〈句・画〉集に収録させてもらうことにした。

最晩年は入退院を繰り返すことが多くなり、当初の水彩画から、手間がからない鉛筆画に。そして、絵を描くこと自体が難しくなっていった。

熊本地震

連載を始めた翌月の四月、熊本地震が起きた。本震（一六日）で、石牟礼さんの部屋は棚の上の仏壇が床に落ち、書棚や食器棚なども倒れ、めちゃくちゃに。石牟礼さんは施設の男性職員らに助けられ、幸いにもけがはなかった。しかし、老人ホームは被害を受けたため、当日のうちに、近くの病院に避難し、しばらく入院された。

四日後、病院を見舞って地震のことを聞いた。

「死ぬことも覚悟しました。よかたい死んでも。寝台の上で従容として死ねばよかたいと思うとりましたね。死ねればよか。いつも邪魔になっとるけん。みなさんの手足のじゃまにならんごと。日常の仕事もとても遅くなりましたから」

車椅子で生活する石牟礼さんは、すぐさま逃げることもできず、死を受け入れる覚悟をしたというのだ。ただ、ショックからか、どう救助され、どう避難したのか、記憶がないのだという。

自然のなすがままに翻弄される人間って悲しくないですか?

「哀しいとは思いませんね。人間がこの世に生まれるということは、死を意味しますもんね。生まれてこなければ、死ななくていい。人間は大自然のなかの一部に過ぎない。ごくごく小さないのちです」

余震がいまだ続くなか、小さな声で、でもしっかりとそう口にされた。

手仕事

「手仕事が好きなんですよ」とよくおっしゃった。

料理も、裁縫も、百姓仕事(畑仕事)でも。とりわけ好きなのは、裁縫だという。部屋でも、ちょっとした縫い物をしながら、若きころ、夫の石牟礼弘さんに、背広を縫ってあげたことなどを何度か話してくれた。

「手仕事ちゅうても、頭がいるんですよ。失敗もするけれども、出来上がりますから、楽しみです」

そんなつかの間の息抜きとして語っておられるとばかり思っていた手仕事の本当の意味が、自分なりに了解できたのは、石牟礼さんが亡くなられてからのことだった。亡くなられた日の午後、渡辺京二さんらとともに、部屋を訪ねた。石牟礼さんがいつも座っておられたいすに渡辺さんが座って、ノートなどの遺品を整理していかれる。「まあ、なんでも取っておられて」と渡辺さんが声をあげられた。紙箱に、なんてことはないたくさんの包装紙や和紙が、まるで宝物のようにきれいにたたまれて入っていたのだった。こうした紙を貼り合わせて、ノートを一緒に手作りしたときのことが思い起こされた。

すると不思議なことに、渡辺さんの姿と石牟礼さんとが重なり、さらに、水俣の小さな部屋で、水俣病患者の声なき声に耳を傾けるようにして、「苦海浄土」をつむいでおられたという若き日の石牟礼さんまでもが重なって見えてきたのだ。

一枚一枚、紙を切り貼りし、一針一針、衣類を縫う。あるいは、一言一言、言葉をつむいでいく。ああ手仕事とは、そういうことなのだ。石牟礼さんのどんどんやせて、細く小さくなっていく手は最後まで、何をつむごうとしていたのか。見返した取材ノートに、「手仕事は文明を育てます」との言葉があるのをみつけた。

家族

二〇一七年一〇月のことだった。夫の弘さんがこのところ、朝になると目の前に立っているのだとおっしゃりだした。「朝めしは?」と尋ねてこられると。弘さんは、二〇一五年八月に八九歳で亡くなっておられた。

石牟礼さんは、作家活動に専念するため、四六歳のころには水俣を出て熊本で暮らすようになっておられたから、弘さんとはずっと離れて暮らしてこられたと聞く。それでも弘さんが亡くなられたときは「いちばん悲しかった」とつぶやかれるのだ。二人にしかわからない、夫婦のかたちがあるのだろう。

そもそも結婚したのは名前にひかれたからだったと。石工の家に生まれ育ったから、石牟礼という姓は自分らしいのだと。そして何より今もとても気に入っているのだと。

弘さんの遺影を見ながらおっしゃる。「夫の世話はあまりしませんでした。夫も好きにすればよかたいと思っていたようでした。でも、わたしの本が出ると、たいへん喜んでくれていたようです。善良な人、とても善良な人でしたよ」

続いて話は、一人息子の道生さんにも及ぶ。「教育方針もへったくれもない。掃除の仕方もちゃんと教えなかったから。立派な母親にもなれなかったです」

きっと、ひそかに心を通わせてこられた家族なのだと思う。

「私は鬼ですね。だから、良か本ば書こうと思って生きてきました」

魂

二〇一八年二月八日、石牟礼さんは、今夜が峠かもしれないとの連絡を受けて、ホームにかけつけた。ベッドに横になられ、呼吸をすることすら苦しそうだった。いつもと比べてあきらかに力がないのだが、口にされたのは、いつもと何ら変わらない言葉だった。「外は寒かったですか?」。続けて口にされたのが、「俳句は……」だった。「俳句は……」の続きが、どうしても聞き取れない。私は「今月も立派な俳句をいただきましたから大丈夫ですよ」と応じるのが精一杯だった。石牟礼さんと交わした言葉はこれが最後になった。

ただ、亡くなられてから、石牟礼さんと交わしたいろんな言葉が心によみがえってくるようになった。「切実に人を想ったことは忘れません」「魂は残ります」。いつかの日だったか、魂についてこうおっしゃったことがあった。「私は、しばしば魂って何ですか?と聞かれます。そういうのを信じていらっしゃるのですかと。でも魂とは?と聞かれても、なかなか言葉にならんですよ。感じあうことですから。でも、私は信じています。魂が通じ合うことはできます。もう、あなたとも通じ合っています」

本当に魂は残るのだと思う。石牟礼さん、やっと句・画集ができました。

編集後記

本書の表題「色のない虹」について少しふれておきたい。

かつて石牟礼道子さんは、野田壽氏（元福岡大学教授）の訳詩集『色のない虹』（エミリー・ディキンスン著、ふみくら書房、一九九六年刊）を献本されている。石牟礼さんがアメリカの女流詩人ディキンスンに関心をもっているということを知った野田研一氏（立教大学名誉教授、野田壽氏の甥）がこの訳詩集を送っているのだが、石牟礼さんがそのことを憶えていたかどうかはわからない。

この「色のない虹」ということばは、ディキンスンの詩の一節「あなたが去ったあと／人はもう虹に色を見ないという／確信」を踏まえて訳詩者・野田壽氏がつけたものである。おそらく無意識のうちに石牟礼さんの中に記憶され、長い時を経て、二〇一六年の春に新聞で連載を始めるにあたってふたたび呼び起こされたのではないか、と渡辺京二氏は語っている。

本書『石牟礼道子〈句・画〉集』に収録した句の中で、「おもかげや泣きなが原は色うすき虹」という句などは、過去のさまざまな記憶の束から湧き出てきた、石牟礼さん独特の表現と言えるのではないか。

以上のような経緯も含めて、本書は、石牟礼道子最晩年の二年間の思索が俳句と絵という形で凝縮されていると思われる。

本書「Ⅰ」の二十一句とその自句自解および絵画は、二〇一六年四月九日から二〇一八年二月十一日まで読売新聞西部本社版に二十一回にわたって連載されたものである。写真は、坂口祐治記者が撮影。

また、「Ⅱ」に掲載した三十一句は、創作ノートから渡辺京二氏が採録してくださった句（単行本未収録）である。このうち、次の四句は『石牟礼道子全句集 泣きなが原』（藤原書店）に類似句があるので、今後の石牟礼道子研究への参考のため、対比して示した。

日輪と椿曼陀羅野はまろし
〈全句集〉日輪も椿も曼陀羅野はまろし
のぞけばまだ現世かもしれず天の洞
〈全句集〉のぞけばまだ現世ならむか天の洞
さあれ燎原のおもむきもあり苔の花
〈全句集〉さあれ燎原のおもむきなりや苔の花
花びらの吐息のごとし指先に
〈全句集〉花びらの吐息匂いくる指先に

（弦書房編集部）

俳句初句索引

※数字は掲載頁を示す

岩岡中正（いわおか・なかまさ）
昭和二十三年一月、熊本市生まれ。俳誌「阿蘇」主宰。熊本大学名誉教授。
著書に、『石牟礼道子の世界』（編著、二〇〇六年、弦書房）、『ロマン主義から石牟礼道子へ』（二〇〇七年、木鐸社）、『虚子と現代』（二〇一〇年、角川書店、第十一回山本健吉文学賞評論部門）、『子規と現代』（二〇一三年、ふらんす堂）。句集に『春雪』（二〇〇八年、ふらんす堂、第五〇回熊日文学賞）、『夏薊』（二〇一一年、ふらんす堂）、『相聞』（二〇一五年、角川書店）がある。

右田和孝（みぎた・かずたか）
一九七四年、熊本県生まれ。岡山大学経済学部卒。二〇〇〇年、読売新聞大分支局記者。福岡・宗像通信部、長崎支局を経て、二〇〇八年から西部本社文化部。

〔著者略歴〕

石牟礼道子（いしむれ・みちこ）

一九二七年、熊本県天草郡（現天草市）生まれ。

一九六九年、『苦海浄土――わが水俣病』（講談社）の刊行により注目される。

一九七三年、季刊誌「暗河」を渡辺京二、松浦豊敏らと創刊。マグサイサイ賞受賞。

一九九三年、『十六夜橋』（径書房）で紫式部賞受賞。

一九九六年、第一回水俣・東京展で、緒方正人が回航した打瀬船日月丸を舞台とした「出魂儀」が感動を呼んだ。

二〇〇一年、朝日賞受賞。

二〇〇三年、『はにかみの国　石牟礼道子全詩集』（石風社）で芸術選奨文部科学大臣賞受賞。

二〇一四年、『石牟礼道子全集』全十七巻・別巻一（藤原書店）が完結。

二〇一八年二月、死去。

石牟礼道子〈句・画〉集　色のない虹

二〇二〇年二月一五日発行

著　者　石牟礼道子
発行者　小野静男
発行所　株式会社　弦書房
（〒810・0041）
福岡市中央区大名二―二―四三
ELK大名ビル三〇一
電　話　〇九二・七二六・九八八五
FAX　〇九二・七二六・九八八六

組版・製作　合同会社キヅキブックス
印刷・製本　シナノ書籍印刷株式会社

落丁・乱丁の本はお取り替えします。

ISBN978-4-86329-200-0　C0092

◆弦書房の本

魂の道行き
石牟礼道子から始まる新しい近代

岩岡中正　近代化が進んでいく中で、壊されてきた共同性（人と人の絆、人と自然の調和、心と体の交流）をどうすれば取りもどせるか。思想家としての石牟礼道子のことばを糸口に、もうひとつのあるべき新しい近代への道を模索する。〈B6判・152頁〉**1700円**

熊本地震2016の記憶

岩岡中正・高峰武［編］　二度の震度7と四〇〇〇回超の余震。衝撃と被害を整理し、その体験と想いを収録。渡辺京二氏ほか古書店主、新聞記者、俳人、漁師、歴史家各々が〈その時〉を刻む。復興への希望は記録と記憶の中にある。〈A5判・168頁〉**【2刷】1800円**

8のテーマで読む水俣病

高峰武　これから知りたい人のための入門書。水俣病の全体像をつかむための手がかりとして〈8のテーマ〉を設定、ポイントになる用語はわかりやすく解説。近代史を理解するうえで避けては通れない水俣病問題を理解するための一冊。〈A5判・236頁〉**2000円**

〈水俣病〉事件の61年
未解明の現実を見すえて

富樫貞夫　水俣病が公式に確認されてから二〇一七年で61年がたつ。しかし、水俣病はその大半が未解明のままなのである。近代の進歩と引きかえに生じたこの事件から何を学ぶべきか。未解明の問題点をまとめた次代への講義録。〈A5判・240頁〉**2200円**

死民と日常　私の水俣病闘争

渡辺京二　昭和44年、いかなる支援も受けられず孤立した患者家族らと立ち上がり、〈闘争〉を支援することに徹した著者による初の闘争論集。患者たちはチッソに対して何を求めたのか。市民運動とは一線を画した〈闘争〉の本質を改めて語る。〈四六判・288頁〉**2300円**

＊表示価格は税別

21世紀の《想像の共同体》

ボランティアの原理　非営利の可能性

Adachi Kiyoshi
安立清史

弦書房

〈装丁・装画〉毛利一枝

目次

はじめに——迷える子羊とコロナ禍の時代

なんという時代なのだろう。コロナ禍の世界——これは社会が解体していく風景なのか、世界が壊れて縮小していく姿なのだろうか。まるで黙示録の世界のようだ。こういう時代を考えるうえで参考になる映画がある。それを紹介しながら考えてみよう。

アラビアのロレンス

デイビッド・リーン監督の映画「アラビアのロレンス」（一九六三）はコロナ禍の時代における私たちのあり方を深く考えさせるエピソードに満ちている。

「アラビアのロレンス」は、第一次世界大戦中の実在のイギリス陸軍将校トマス・エドワード・ロレンスをモデルにしている。ロレンスは、ドイツ側についているオスマン帝国の支配を崩すための諜報活動に従事している。彼が考えたのは、部族が乱立する「アラブ」にナショナリズム[1]を植え付けトルコと戦わせ、英国の利益になるよう導くことだった。

そのため危険をかえりみず砂漠の民とともに戦闘に参加する、という物語だ。一種の戦争映画なのだが、興味深いのは、この戦いが、英国やアラブとトルコ軍との戦いという人間同士の戦争である以上に、ヒトと砂漠との戦いであることだ。舞台は全編これ砂漠である。乾ききって意思をもたない広大な砂漠と、たった一人の人間との対決の物語でもあるのだ。

　この荒涼たる砂漠にコロナ・ウィルスの隠喩を見る、というのはいささか牽強付会かもしれない。しかし地政学的に見ると興味深いことに気づく。これはエルサレムを中心とする中東の覇権をめぐる物語だからである。イエス・キリストは東からエルサレムへ向かった。ロレンスは西（カイロ）から向かった。ロレンスはキリストを模倣している。そう見ることもできる。

　この砂漠の行軍中に、ひとりの脱落者がでる。その一人の救出のために引き返すべきか。それは部隊を危険にさらすことになる。たった一人のために全員を危険にさらすべきか。このテーマは、コロナ禍のもとでわれわれが日々行っている医療のトリアージ（患者選別）[2]を彷彿とさせないだろうか。そしてトリアージの論理に抗してひとり砂漠に救助に向かう行為の中に、人びとはキリストを見ないだろうか。ロレンスは明らかに意識して聖書における「迷える子羊」のエピソードを演じているのだ。

ガシムの救助

映画の前半、ロレンスたちはトルコ軍の基地のあるアカバ襲撃のため、部隊をひきいて過酷な砂漠の大横断作戦を決行している。水はない、ただひたすら寡黙に行進する。ラクダが死ぬと人間も死ぬ。そういう灼熱の砂漠のなかで、ふと気づくと一人の男（ガシム）がラクダから落ちて行方不明になっている。ロレンスは探しに戻ることを主張する。ベドウィンの男たちは、それは自殺行為だと反対する。ガシムの命運は尽きたのだ、彼のことは諦めてわれわれは前進するしかないのだと。しかしロレンスは一人で砂漠にもどっていく。

これは、明らかに聖書の挿話「迷える子羊」を意識した場面だ。[3] そしてコロナ禍の時代のわれわれが置かれた状況そのものではないか。ベドウィンの男たちは「すべてはアラーの御心のもとに」という。つまり「現実」を受け入れよう、この現実を受け入れて、その

（1）当時は、「アラブ」なる民族意識も国家ももちろん存在していなかった。あるのは部族ごとの集団だけだったと描かれている。

（2）患者の重症度に基づいて、治療の優先度を決定して選別を行うこと。語源は「選別」を意味するフランス語のトリアージュ（triage）から来ているという。

（3）「迷い出た羊のたとえ」（マタイによる福音書）および「見失った羊のたとえ」（ルカによる福音書）に類似のエピソードがあるが、すこし違いがある。引用は「マタイによる福音書」から。

中で行動するしかない。生きのびられる者だけが生きのびる、それが運命の定めなのだ、と。しかしロレンスは（キリストを強く意識して）ガシムの救援に向かう。聖書においてキリストはこう問いかけていた。

あなた方はどう思うか。ある人が羊を百匹持っていて、その一匹が迷い出たとすれば、九十九匹を山に残しておいて、迷い出た一匹を探しにいかないだろうか。はっきり言っておくが、もしそれを見つけたら、迷わずにいた九十九匹より、その一匹のことを喜ぶだろう。そのように、これらの小さな者が一人でも滅びることは、あなた方の天の父の御心ではない（マタイ福音書）。

コロナ禍の現在、これをどう読むべきだろうか。ベドウィンの対応は、現在、世界中の政府が行っていることと同じである。過酷な現実をふまえて最大限の努力をかたむけると、必ずそうなる。夢や理想ではなく、現実の条件下で、最大多数の最大幸福、あるいは最小悲劇という功利的な目標に向かうことはまったく合理的で正しい判断だ。それはそうに違いない。

でもキリストはなぜこう言うのか。この謎のような挿話がなぜ長く語り伝えられたのか。それは合理でなり立つ世界にたいする真っ向からの挑戦だからだろう。いざとなれば、ほとんどの人がこうは行動できない。これはひとつの精神的試練の物語なのだ。だからこの言葉は生きのびた。生きのびたどころではない、今まさに私たちに呼びかけているではないか。あなたがたはいったい何のために生きているのか、何を求めて生きているのか、と。これはおそるべき根源的な問いかけだ。まるでキリストがコロナ禍の時代に復活して私たちに問いかけているかのように。

子羊の救済

ロレンスはひとりで砂漠にガシムを探しに戻る。そして瀕死のガシムを救い出す。その結果を見てベドウィンたちはロレンスに対する見方を一変させる。彼をひ弱な英国人としてではなく、アラブの世界に現れた救い主のように見るようになり、部隊の団結が強まっていく。迷える子羊の救済が、ロレンスたちの成功（砂漠の縦断、アカバ襲撃の成功、そしてイギリス軍の対トルコ戦争の勝利）につながっていくという重要なシーンなのだ。

ただしここで留保が、重要な留保がつく。それもこの映画の深いところだ。

ロレンスは、はたして、キリストなのか、キリストのように行動したのか、という問いである。ロレンスの目的と行動はどこまで正しいものだったのか。キリストを演じながら、じつはウラのある欺瞞だったのではないか。利他主義に見せかけ、その実、冷徹な利己主義に利用されただけではないのか。それは英国という老獪な植民地支配の帝国主義国家に、キリストの論理が通じるのか、という問いでもある。そして現在、コロナ・ウィルスに襲われているわれわれの世界にそのまま当てはまる問いである。

ロレンス自身も、この矛盾を感じていて、二つに引き裂かれていたのではないか。それは、救い出したガシムを、のちに軍紀違反を理由としてロレンス自身が処刑するというシーンで露呈する。キリストのように振る舞ったにも関わらず、キリストにはあるまじき行動を行う。ロレンス自身が、この矛盾に深く苛まれ、精神的に自己崩壊していく。そのあたりまで描かれているのもこの映画の深いところだ。

迷える子羊をトリアージする現在

コロナ禍で世界的に医療崩壊が危惧されている中、その対応のひとつが「トリアージ」である。患者の重症度に応じた対応ではなく、救命可能性から判断して、救命できそうな人たちに医療資源を集中していく、という「命の選別」である。これは「生命の選択」にほかならない。平常時にこれが行われたら恐ろしいことになる。しかし突然の危機に際して取り得る合理的な医療のあり方として是認されるようになっている。でも考えてみれば、いまになって新しく現れたわけではない。数千年も前から、ベドウィンの時代から行われてきた危機への対処法である。新しいのは、そしていまだに問題提起の力を失っていないのは、キリストの行為のほうである。

このコロナ禍の時代、トリアージ一色になっていく世界の中で、私たちのこれから、そしてその先を考えていく必要がある。

21世紀の新たな「想像の共同体」

いま私たちが目の当たりにしている風景は、グローバルな世界という「想像の共同体」が崩れていく姿だ。だとしたら今のようなトリアージだけでは、コロナ禍後の世界は、ずたずたに分断されて途方もなくダメージを受けていることだろう。それでは未来を展望することはできない。コロナ禍後には、これまでとは違った連帯の姿が必要だ。それを本書では21世紀の《想像の共同体》と呼んでみたい。それは実体としてはまだ現れてはいない。しかし必要なことだけが分かっている。それはどういう姿で現れていくだろうか。それを本書ではボランタリーな非営利という糸口から考えてみたいのだ。前半部「超高齢社会の風景」では、現在私たちが目の当たりにしている問題のいくつかを紹介し、なぜこんなことになってしまうのか、その理由を考える。そして後半部、「では、どうしたらいいのだ」という問いへの答えを考えてみたい。

Ⅰ 「超高齢社会」の風景

Ⅰでは、現在私たちが目の当たりにしている問題のいくつかを紹介し、なぜこんなことになってしまうのか、その理由を考える。

「労働」に対抗する「仕事と活動」――はグローバル化が進めば進むほど雇用や労働環境が劣化していくのはなぜなのかを考える。ひとつの解き口が、ハンナ・アーレントがいう「労働・仕事・活動」という発想にあるのではないか。働き方に「労働」しかないとすれば、この世界の労働は劣化していくばかりだ。しかし「労働」に対して、アーレントは豊かな「仕事」の世界を対置した。さらに「活動」も。この発想に糸口がある。「仕事」や「活動」はいかにして可能か。ボランタリーな活動や非営利による「仕事」という発想のなかに可能性がある。こう考えると光明が見えてくるのではないか。

「介護の社会化」はなぜ行きづまったのか――は、介護保険を例にとって、なぜ「成功なのに失敗」という逆転がおこるのか、なぜ「介護の社会化」という輝かしい目標が暗転してしまうのか。このパラドックスの謎を解こうとする。「自助・共助・公助」という考え方には限界があって、その発想の根元にある「補完性原理」が機能するのは、ある限定された条件の下だけではないのか。

超高齢社会の地方はなぜトリアージ（**命の選別**）**されるのか**——は、「超高齢社会」という見方が、コロナ禍でのトリアージそっくりだということを指摘する。人間を年齢というデータに単純化する見方は、救命できるかどうか、という観点から人間を見ようとする単純化と共通するものがある。緊急時には仕方ないかもしれないが、この見方を克服しないかぎり、「地方消滅」という選別の見方は残る。「地方」はトリアージされて消滅していくのではないか。それに対抗する「地元」という見方こそ必要になるのではないか。では「地元」はどうやったら作り出せるのか。

1　「労働」に対抗する「仕事と活動」

――労働と雇用の劣化はなぜ進んだのか

格差社会の拡大がすすむグローバル化の時代、労働条件や雇用の劣化がいちじるしい。これは日本だけなのか、世界的な現象ではないか。非正規雇用も、かつてはフリーター（フリーのアルバイター）と自称されていた。働かされるのではなくフリー（自由）に働く。この「自由に働く」という言葉の中に、企業社会に抑圧されない新しい積極的な働き方が希求されていたのだ。

ところが事態はあっというまに反転して、働く側にプラスに作用するのではなく、雇用する側にプラスに作用する言葉になった。自由という言葉は雇用者側にたくみに逆利用されて、雇用条件を下げる自由、雇用調整や解雇の自由と解釈されるようになった。グローバリズムに適合するように、より雇用者や資本の側に有利な労働条件にしていく自由、ようするに「やりがい搾取」の自由、「生きがい搾取」の自由というふうに逆手に取られてしまった。その行き着く先が「ブルシット・ジョブ」の世界だと言えるだろう。(1) どうしてこうなってしまったのか。これは日本だけでなく世界的な現象のようだ。ネオリベラリズムとグローバリズム、その上で進む資本主義の世界では、雇用はどんどん劣化していくようだ。

この劣化への対抗策はないものか。「ボランティア」の原理を「雇用の劣化」への対抗として考えられないか。非営利組織も、資本主義システムへの対抗や修正として考えられないか。ところが現実は逆で、「ボランティア」が増えるほど「労働」世界は圧迫され、ますます雇用条件は劣化していくように見える。非営利組織が活発になるほど、仕事の下請け化や価格ダンピングが進むのではないか。ボランティアと非営利は、グローバリズムに利用されやすいのではないか。そういう危惧や批判の声のほうが大きい。たしかにその指摘通りでもあるのだ。社会システム全体が現状のまま推移すれば、ボランティアや非営利は雇用の劣化を助長してしまう。しかし、そうならないあり方を考えるべきだ。そのためには現状からではなく、原理にさかのぼって考えなくてはならない。ボランティアや非営利には、賃労働という考え方への対案（オルタナティブ）が含まれている。また働き方についても、労働をこえる「仕事」へのベクトルがあると考えることができる。それを身動

（1）デヴィッド・グレーバーの『ブルシット・ジョブ―クソどうでも良い仕事』は、「やりがい」のない「どうでもいい仕事（労働）」が増えるのはなぜかを解きあかそうとしている。

きとれない現在の働き方への対案だと考えてみたらどうだろうか。そのためには、どういう条件が必要なのか。

労働と仕事

政治哲学者ハンナ・アーレントに「労働（labor）と仕事（work）と活動（action）」という概念区別がある。(2) 雇用と関連するのは労働と仕事である。労働は使役されることであり、苦役である。仕事は自分独自の作品を作りあげていくような創造的で人間的な活動である。さかのぼればギリシア時代には、労働は奴隷の仕事であり、市民の仕事ではなかった。労働でない仕事（その中にはポリスで自由に討論すること、政治に関わることなどが含まれていた）をすることが、人間（市民）の為すべきことであったのだ。この概念区別は、現代の私たちを考えこませる。私たちは労働しているのか仕事をしているのか、そもそも労働でない仕事などあるのか、と。

このアーレントの概念区別を、ボランティアと非営利を考えるうえでの補助線としてみよう。ボランティアは労働でないものを求めている、非営利も人を労働させるのでないシステムを求めている、と考えてみるのだ。普通の発想では、ボランティアや非営利組織は、労働でも仕事でもない活動を志向している、と考える。でも、それでは、労働や仕事の世界と、ボランティアや非営利の世界とを、画然と二分してしまう。労働や仕事の世界とは異質な世界に、ボランティアと非営利を隔絶することになる。純粋なボランティアや非営利だけを考えていくならそれでも良い。しかし現代世界の雇用の劣化を考える上でのヒントを、ボランティアや非営利から汲み取ろうとすれば、それでは退行になってしまう。ボランティアや非営利を活動レベルではなく、労働や仕事と関連づけて考えてみたい。もっと言えば、労働を仕事に方向転換していく媒介として、ボランティアや非営利を考えてみたいのだ。

グローバル資本主義は仕事を排除して労働を劣化させる

グローバルな資本主義は、もっとも安価でもっとも効率的な労働力を求めて世界中をかけめぐる。ある意味で奴隷労働力をもとめて国境を越えてグローバル化しているとも言える。グローバリズムにとって仕事は、ごく少数の人間にとっての特権のようなものであり、大多数の人間には不可能なものだ。グローバリズムに歯止めをかけてきた資本主義と社会主義との対立構造が溶解すると、国境を越えてグローバルに資本が動き出す。働く側の自

(2) ハンナ・アーレント『人間の条件』は多様な読みの可能性を開示する。本書もその一例である。

由だと思っていたのが、いつのまにか働かせる側の自由へと反転していった。それはまず先進国の内部で起こった。グレーバーのブルシット・ジョブ分析によれば、先進国の中産階級は、どこでものきなみ没落しはじめている。そこにははっきりとした理由があったのだ。

すると正反対の対抗も湧き起こる。日本でも一九九五年の阪神・淡路大震災に端を発した「ボランティア元年」など「ボランティア」という言葉に注目が集まり、特定非営利活動促進法が施行されてNPO法人が続出したりする。米国が旧共産主義圏の支援のツールとしてNPOやNGOを活用し、世界的に「非営利セクター」への注目度が高まった。そして皮肉なことにそれを後押しする政治的な理念が「新自由主義（ネオリベラリズム）」だったのだ。グローバリズムとネオリベラリズムとボランティアやNPOは、じつは大きな世界の流れにそった出来事だったのではないか。冷戦の終結と、グローバリズムの勃興と、雇用の劣化やブルシット・ジョブ化のトレンドと、ボランティアや非営利セクターへの注目というのは、関連しているのではないか。

「働き方改革」が示している不思議

そう考えてみると、近年の政府の「働き方改革」政策も、グローバリズムの世界的な動向の上に乗っていると見えてくる。しかしグローバルな方向性とは、若干のずれや偏差があるようだ。そこを見ていこう。

厚生労働省のホームページをみると、働き方改革について、次のように説明されている。

我が国は、「少子高齢化に伴う生産年齢人口の減少」「育児や介護との両立など、働く方のニーズの多様化」などの状況に直面しています。こうした中、投資やイノベーションによる生産性向上とともに、就業機会の拡大や意欲・能力を存分に発揮できる環境を作ることが重要な課題になっています。「働き方改革」は、この課題の解決のため、働く方の置かれた個々の事情に応じ、多様な働き方を選択できる社会を実現し、働く方一人ひとりがより良い将来の展望を持てるようにすることを目指しています。（厚労省ホームページ「働き方改革の実現に向けて」より）

この説明は、いろいろなことを私たちに考えさせる。「介護の社会化」「子育ての社会化」などの実現も、「働き方改革」を必要としているというのだ。また雇用する側もそれを必要としているというのだ。良い労働力、質的に高い労働力がなければ、日本経済も立ちゆかないだろう。なるほどそのとおりだ。では、どうしたらいいのだ。

厚労省の提案は厚労省ホームページ「「働き方改革」の実現に向けた厚生労働省の取組

み」によれば次のような提案がなされている――長時間労働の是正、雇用形態（正規／非正規）にかかわらない公正な待遇の確保、柔軟な働き方がしやすい環境整備（テレワーク、副業・兼業など）――ほとんどあらゆる提案がなされている。[3] どれももっともなものばかりだ。そして、これを裏面からみれば、日本の雇用・労働環境は、今までこうした基本的な労働条件を保証していなかったのか、という驚きをもって見ることもできる。ところがこれをみて驚く人はほとんどいないのだ、ということにこそ驚くべきなのかもしれない。それほど日本の雇用や労働は劣化しているのだ。しかし、それは劣化と表現すべきものなのか。かつては劣化していなかったのか、近年、急に劣化してきたのか。そこも考えなくてはならない。

国際化からグローバル化へ

そもそもボランティアや非営利が注目され、ボランティア元年や特定非営利活動促進法（NPO法）が制定されたりしたのは、大きくみると日本社会がグローバリズムへと対応していくプロセスの一環だった。これらの法整備の時期が、グローバリズムが浸透してきた時期と重なっているのは、けっして偶然ではないのだ。どういうことか。

グローバリズムは、ネオリベラリズムと手を携えてやってきた。両者は切り離せない。

そもそもグローバリズム以前は、インターナショナリズムの時代だった。インターナショナリズムの時代は、東西冷戦とも重なり合い、たがいの陣営が中間にあった様々な国々を、自陣営に引き入れようとしていた。国連が国際統一を目指すのではなく、諸国の連合を目指す存在であるように、インターナショナリズムの時代には国々がアクターであり主体だという前提があった。主体であるから連合や連携もなり立つ。しかし自由に動けない連合であった。それが東西冷戦の終結とともに、インターナショナリズムは縮小し次第に蒸発していって、グローバリズムの時代が到来する。いつのまに変身したのか分からないほどスムーズにそれは転換していった。大学の新設学部が「国際」や「国際関係」を名乗りはじめたばかりだというのに、すでにそうした時代は去ってグローバリズムが席巻しているのだ。

（3）「働き方改革」の実現に向けた厚生労働省の取組みとして以下のようなものが列挙されている。長時間労働の是正、雇用形態（正規／非正規）にかかわらない公正な待遇の確保、柔軟な働き方がしやすい環境整備（テレワーク、副業・兼業など）、副業・兼業、ダイバーシティの推進、病気の治療と仕事の両立、女性が活躍できる環境整備、高齢者の就業支援、子育て・介護等と仕事の両立、障害者就労の推進、外国人材の受入れ、若者が活躍しやすい環境整備、賃金引き上げ、労働生産性向上、再就職支援、人材育成、雇用吸収力の高い産業への転職・再就職支援、労働移動支援助成金（中途採用拡大、早期雇入れ支援）、ハローワークにおける人材不足分野に係る就職支援、「年齢にかかわりない転職・再就職者の受入れ促進のための指針」の策定、人材育成、ハラスメント防止対策等

グローバリズムとネオリベラリズムとの「共振」

グローバリズムとネオリベラリズムとは、社会福祉や社会保障を最小限にして、経済を市場の力に委ねていくことが最上の政策だと考える。保健・医療・福祉・文化・教育といったヒューマンサービスが市場だけで提供されるようになったら、売れるもの、売りやすいものしか提供されなくなるし、価格もとんでもなく高額になっていく（フランスのドキュメンタリー番組「ビッグ・ファーマ」は、稀な遺伝病だが致死的な病への特効薬を開発した製薬会社が、その薬にとてつもない高額の値段をつけるスイスやアメリカの企業の事例を描いていた）。市場でのネオリベラリズムは強者の論理が貫徹されるのだ。しかしボランティアはそうした市場の論理に対抗した弱者の社会連帯から生まれるはずだった。ところがこの正反対の両者が結びつくことがある。どうしてそうなるのか。

最近の政府が唱える政策理念に「自助・共助・公助」の役割分担という考え方がある。公助は、政府行政など公的な支援のことで、自分や家族、属する共同体などの力が及ばなくなったときに初めて支援を行うべきだという考え方である。これは英国発祥の補完性原理の考え方からやってきたもので、一神教的な国家共同体の場合によく機能する考え方である。現代社会のような、エスニシティもジェンダーも宗教も価値観も複雑に多元化した社会では、かならずしも機能するとはかぎらない。ネオリベラリズムやグローバリズムは、この補完性原理の考え方をうまく利用して、公助を縮小していこうとする。そもそもネオリベラリズムは、国家や公助といった考え方と、本質的には対立する思想だ。国家や政府行政や公的なるものは、個人の自由を侵食する、個人や組織の自由な活動を制限し抑制する。だからなくなることが理想であるからだ。

したがって、ここにはパラドックスが存在する。ネオリベラリズムやその思想的影響をうけたグローバリズムと、ボランティアの根元にあるボランタリズム（自発性・自主性・自律性）とは対立するはずだからである。ところが、日本ではこの両者は意外なことに相性がよい。すくなくとも過去数十年間は相性がよかった。それはなぜか。

仁平典宏の説明がすぐれている。仁平によれば、日本のネオリベラリズムと欧米のネオリベラリズムとは違っている。ヨーロッパ諸国のネオリベラリズムは、包摂的な社会保障制度を削減するためのものだったのに対し、日本のそれは、日本型生活保障システムを市民参加しながら向上させていくという課題を示していたので、社会サービスの創出に貢献するものと受け止められたからだ。日本と欧米とではネオリベラリズムの理解がまるで正反対なのである。まさにここがネオリベラリズムとボランタリズムの「共振」の起こる場所なのだ。(4)

（4）「共振」とは意図は逆なのに現れてくる行動や結果が同じ（に見えてしまう）ことを指す。もとは離れている物体でも、振動しているとその振動の周波数が伝わっていくことをさす物理学用語である。

削減するための手段ではなく、創出のための方法なのだとしたら、官民あげて、ボランティアや非営利組織を大歓迎するはずである。こうしてボランティア元年から特定非営利活動促進法（ＮＰＯ法）の成立、そして介護保険制度への道が一直線に見えてくる。その先には「介護の社会化」という夢があった。

「では、どうしたらいいのだ」――雇用の劣化への対抗策

ボランティアやボランタリズムには、外から変えられるのではなく、内から変わりたい、自分たちで変えたいという否定しようのない正当な動機が含まれている。ネオリベラリズムにも、資本や企業経営者たちが、国家や政府行政などに外から介入されて、自分たちの経済活動の自由を制限されたくないという、これまた否定しようのない理由がある。その二つが「共振」すると、「福祉国家」という20世紀の歴史と経験が編み出してきた最善の工夫（のひとつ）を無化してしまうかもしれないのだが。しかし、原理的なところでネオリベラリズムには否定しがたいものがある。だから、ボランタリズムと結びつくことに、釈然とはしないが、不合理や無理はないのだ。

すると「では、どうしたらいいのだ」という問いがくるだろう。

こう考えてみたい。三つ（もしくはそれ以上）のモデルがある、と。

第一は、二つの関係は、本来は意図が真逆なのだから、つまり結果的に「共振」しているにすぎないのだから、振動を制御して「共振」を止めることだ。グローバリズムとネオリベラリズムが席巻する領域から、ボランティアやボランタリズム、非営利やＮＰＯを切り離し、脱出させることだ。「共振」を止める。そういう方向は誰にでも考えつく解決策だろう。

第二は、「共振」の先を考えることだ。「共振」という物理現象は、最終的に振動する周波数を同調させる。ふたつの別々の振動（運動）が、ふれあっていくうちに同一の周波数、つまりまったく同じ運動になっていってしまうはずだ。「共振」を前提とするなら、グローバリズムやネオリベラリズムのエネルギーを、むしろボランタリズムの側が利用・活用できる可能性を考えるのだ。これはかなり高度な技、困難な方法ではある。しかし古来、「和して同ぜず」という考え方はあった。また武道などでは、相手の力を逆利用して「柔よく剛を制す」ということもある。「巴投げ」なども相手の力を逆利用して小兵が大きな選手を投げ飛ばす、これ以上、比喩をつづけても仕方ないが、考え方としてはありうるのだ。

第三は、「共振」という現象は、結果的に完全な「球（グローブ）」にはならず（なれず）、微妙な歪みを生み出すはずだ。その歪みや偏差に可能性を見いだせるのではないか。どういうことか。正円や球には、中心点はひとつしかない。しかしそれが「楕円」だったり「歪みを含む球状体」だったらどうか。楕円には焦点は二つ（以上）ある。たとえ「共振」しても一つの焦点に向かって収斂していくことはないはずだ。「共振」が、結果的に二つ以上の焦点を生み出すことはありうる。現実の世界には、多くの歪んだ部分が存在する。グローバリズムが完全な球状体になるはずはない。

これらは、もちろん、一種の思考実験である。現実に可能かどうかは判断できない。しかしネオリベラリズムとボランティアやボランティア活動を、「共振」として批判的・否定的にのみとらえるべきではない。「共振」する、とは時代や社会の流れが、そうした活動と似通っている、関連している、近接している、ということである。その奥深いところで、時代や社会とふれあうところがあったからに相違ないのだから。

混ぜてはいけない――行動経済学の教え

象徴的なエピソードを紹介しておこう。マイケル・サンデルが『それをお金で買いますか――市場主義の限界』で紹介しているもので、営利と非営利を混ぜたときに何が起こるかを考えさせるエピソードだ(5)。

サンデルは、どれも現代世界で起こっている事例をあげて、われわれが考えている以上の結果（意図せざる結果、予想を超えた逆転現象）が起こることを紹介している。つまり「お金で買うと、何かが変わってしまう」「営利にしてはいけないものがある」ということを教えてくれる事例なのだ。

この中に、ボランティア活動や非営利組織にとって示唆的なものが含まれている。

第一――勉強させるために金銭的インセンティブは有効か

行動経済学はインセンティブの学問だと自称している。世の中の問題を、金銭的なインセンティブでどこまで変えられるか実験する具体例が出てくる。たとえば学力低位高校の落ちこぼれ学生たちにたいして、勉強したらお金を払う、成績があがったらお金を払う、というインセンティブを与える実験だ。そして実際に成績があがったかを検証している。[6]結果は微妙だった。上がった学生もいたがそうでない学生もいた。長期的にみれば、インセンティブとして効果を上げたのか不明、というような結果だった。サンデルの例もほぼそうした結果と同じなのだが、サンデルのほうはより警告的な考察を発している。金銭的

(5) 以下の考察については、マイケル・サンデルを参照しながらさらに先へと思考を進めた大澤真幸の『自由という牢獄』(その中の「自由の蒸発」という論考) に大きな示唆をえた。ここではこれらで論じられているインセンティブと労働との微妙なねじれ関係を、ボランティアと非営利に応用して考えてみた。

(6)『ヤバイ経済学』という話題となった書や映画に同じ実験が出てくる。ほぼ同じ結果であった。

なインセンティブは、ほかの動機を締め出す。インセンティブがなくなったら良き行動は止めてしまう。その結果、自分の行動を自分で考えようとする力を失う。何かに操られることでしか行動できなくなる、という分析だ。これはボランタリズムが目指す「自発性・内発性・独立性・自律性」という価値観と真逆の結果だ。つまり短期的に効果をあげるように見えるが長期的には逆効果を生み出すということだ。

第二――保育園の児童引き取り時間への遅刻をなくすために金銭的インセンティブは有効か

児童の引き取りに遅刻する親が多いことに悩んだ保育園が、遅刻をへらすために遅刻時間に応じて罰金を科すことにした。つまり、罰金という「逆インセンティブ」が、人間の道徳的な行動の促進に効果を及ぼすのかどうか、という実験である。その結果は、想定外の結果をもたらした。遅刻が倍増したのだ。これも様々なことを考えさせる。人間の道徳や倫理にうったえかけるには、金銭的な逆インセンティブは逆効果だった。それはなぜなのか。サンデルらの分析によれば、それは「道徳の問題だったものが、金銭の問題に置き換わってしまった」からである。道徳の問題ならば、できるだけ遅刻をしないよう内発的に努力する。しかし金銭の問題なら、罰金を払うことでかえって道徳心に恥じずに遅刻することができる。金銭という対価を払うことによって、道徳の問題は消え去ってしまうのだ。逆インセンティブのはずが、かえって遅刻を正当化するインセンティブになってしまったのだ。

第三——高校生の慈善募金の活動に金銭的インセンティブは有効か

第三の事例も興味深い。高校生の慈善募金活動に、金銭インセンティブをつけると、募金の効果が上がったかどうかを実験したものである。ここでも意外なことに、逆効果だった。善意や慈善活動にとって、金銭インセンティブが逆効果になるのはなぜか。第二の事例にも似て、金銭が介在することで、道徳の問題が、経済の問題に置き換わるからだ。そのことが募金活動への熱心なコミットを抑制する、そう考えられる。金銭や経済の問題なら、募金活動するよりアルバイトしたほうが、はるかに効果的なのだから。募金活動の意味が、たんなる経済行為（しかもあまり効率的でない経済行為）に縮小するのである。

これらの事例が示唆していることは何か。

営利と非営利、自発性（道徳的インセンティブ）と報償性（金銭的インセンティブ）を混ぜると、想定外の、意図せざる結果が生み出されるという教訓だろう。行動経済学の実験結果がほぼ一貫して示していることは、異なる価値観、異なるインセンティブを混ぜると、だいたいにおいて、「悪貨が良貨を駆逐する」のである。道徳が金銭に負ける、と言ってもよい。ふたつが混ざった途端に、何かが変質する。サンデルはそれを道徳や価値の変容、「道徳が市場から締め出される」と表現している。しかも単に負けるだけではない。元に戻らないほど変質してしまう、というのである。いちど混ぜてしまったら、道徳は変質し、もはや金銭インセンティブに勝てなくなるのだ。これは言われている以上に恐るべき結果ではないだろうか。

保育園の事例では、罰金にしたとたんに遅刻が倍増するようになったという。もちろん保育園は失敗に気づいて、すぐに仕組みを元に戻したらしい。しかし、もはや手遅れだった。遅刻者は高止まりしたままで元に戻らなかったそうである。遅刻しないことが道徳の問題ではなく、金銭の問題にすり替わってしまったのだから、遅刻代金を支払えば、道徳心にやましいことなく遅刻できることになってしまった。つまり価値や価値観が決定的に変質してしまったのだ。倫理や道徳は、かくも敏感で変わりやすいものだった、という教訓である。

雇用の劣化にどう対抗するか

ここからどのような示唆を引き出せるだろうか。グローバリズムを、金銭インセンティブの席巻として考えると、われわれの生活世界（道徳心）は、グローバリズムに触れたとたんに、ある種の変質を遂げてしまったのではないか。

グローバリズムにふれたとたん、それを受け入れざるをえなくなる。それほどグローバリズムの力は大きいのだ。

「労働」を「仕事」へと引きあげるインセンティブは働かない。「労働」と「仕事」がまじれば「労働」へと変質する。

われわれの生活世界は、変質してしまうのだ。その結果、現在まで引き続いて、われわれの雇用環境は劣化しつづけている。グローバリズムの論理的な帰結として「労働」は劣化していくのだ。これは、ひとりひとりの小さな努力ではどうしようもない大きなグローバルなうねりではないだろうか。

そこであらためて、「では、どうしたらいいのだ」と問う必要がある。

「共振」を逆方向に活用する

ボランティアやボランタリズム、NPOや非営利、それらはグローバリズムやネオリベラリズムという大きな世界的潮流に乗って日本にやってきたのだろうか。もちろんそうではない。しかし時代や世界動向が、「共振」という不思議なメカニズムによって、そして意図せざる結果として、日本を揺り動かした。そう考えてもよさそうだ。だとしたら、ここに希望や可能性もあるのではないか。

そもそもフリーアルバイターという概念も、残念な「意図せざる結果」を生み出したとはいえ、自由な働き方という、より高い次元への希求を含んでいたのだ。「会社の言うなりになる」「会社の中では嫌なことも、自分の考えと違うことも、間違っていると思うようなことでも、命令にしたがわなければならない」そういう場面に対して「会社組織の中の一員として埋め込まれて、支配されて、従属していきたくない」、会社の仕事でも自分の判断の余地を残しておきたい――つまり「より自由を求める」という否定しようのない普遍的な価値意識のベクトルが含まれていたのだ。それは否定できない。

これを原理的に考えてみれば、アーレントのいう「労働と仕事」の分裂と対立と考えることができる。フリーターの心の中には、いまは労働しているがほんとうは仕事をしたい、という意識があったのではないか。それはフリーターに限らず、われわれの中に普遍的に含まれている意識ではないだろうか。労働でなく仕事がしたい、しかし現実には仕事でなく労働せざるをえないが、労働におわらない仕事を求めたい……こういう抑えがたい志向をもつ人たちが少なからずいても不思議ではない。実際に八〇年代からの住民参加型在宅福祉活動団体の人たちや、非営利セクターで働いている人たち、介護系ＮＰＯの人たちなどの中にあるのは、こうした気持ちではないだろうか。

だとしたら、ここには雇用の劣化への対抗の可能性がある。ひとつには、労働と仕事とを切り離して、両方を追い求めていくこと。週日の日中は労働だが、夕方からは仕事へと切り替える。週末は仕事にコミットする、というような形で切り分け・棲み分けていく方法だ。現実的なあり方として「副業の禁止」が解かれると、労働のほかに仕事の可能性がもっと開かれるだろう（今のような経済環境や労働環境のままでは、労働の二重化、三重化が進んでしまうという怖れは当然あるが、それはまた別の課題の話だ）。

二つめは、ボランティアや非営利セクターでの働き方を、労働でない仕事へ転換して行くように、ボランタリーセクターのあり方を変えていくことだ。現状の非営利セクターは、その多くが、政府行政の仕事の肩代わりや助成金や補助金で活動している。それこそまさに「仕事」を「労働」にしているのではないか。理念としては仕事（「生きがい仕事」「やりがい仕事」）、しかし実態としては、労働（指定管理者制度や指定居宅サービス事業者など等）になってはいまいか。

第三は、労働と仕事のあり方を考え直し、その相互の関係を作り直してみることだ。現代世界で「労働」をなくすことは不可能だ。すべてを「仕事」に転換することも出来ない。しかし対立させたままでは、労働も仕事もそのパフォーマンスを十分に発揮できない。結果として雇用が劣化していくことになる。そこで、この両者をともに活かすあり方を考える。すると、見田宗介の「交響圏とルール圏」や「交響するコミューン・の自由な・連合」というモデルが浮かび上がってくる。それは一見したところシンプルすぎるモデル、理想主義的で見果てぬ夢のようなものにも見えてくる。しかし、どうだろうか。すでに現実的には、起こっていることなのかもしれない。

次のようにまとめることができる。大規模で均質な「労働」モデルは、フォーディズムの時代の機械的な合理性と効率性を追い求めた時代の働き方である。ホーソーン実験が発見した人間関係論モデルを持ち出すまでもなく、非人間的すぎる「労働」環境は、中長期的には非効率かつ非合理になっていく。「労働」と「仕事」とを適切に組み合わせたり、棲み分けたり、相互作用させたり、重層化したり、多元化したり、互いの良さを殺し合わない共生の関係が望ましい。それにはボランタリーに働く小さなユニットが、全体社会や、他の組織から使役されたり、抑制されたり、攻撃されたりしないように、適切なルールが維持されることが必要だ。その見田の「交響するコミューン」を、ここでは「ボランタリーな働き方」、「ルール圏」や「自由な連合」を、市場ではない非営利セクターの空間（非営利空間）と考えてみよう。これは、ボランティアや非営利組織が、政府行政や営利企業や市場メカニズムに抑制されず、本来のあり方を果たせる場所をもつ、というイメージになる。

その先の非営利空間へ

ネオリベラリズムやグローバリズムは世界を強力に巻き込む資本主義的な動向を生み出しているが、その傾向が進めば進むほど、逆説的なことに、市場や営利を目的としない働き方が求められてくる。ネオリベラリズムとグローバリズムは、経済を世界規模で結びつけ、発展させているように見えるけれども、反面では、格差社会を拡大させ、多くの人たちを「仕事」ではない徹底的な「労働」に縛り付けていくメカニズムでもあるからだ。

たしかにネオリベラリズムやグローバリズムは、ボランティアやＮＰＯの原理と「共振」しやすい。しかし、その原理にさかのぼれば、そこに希望や可能性は含まれている。人間は、自由であること、自由に生きたいという根源的な欲求をもっている。こうした理念を否定しては前に進めない。むしろ雇用の劣化や、ネオリベラリズムのエネルギーを、逆手にとって、働き方改革や雇用の改善へと結びつけられるのではないか。そう考えると前向きな視野が広がってくるのではないか。

ボランティアとネオリベラリズムには、ある種の共通性がある。それゆえ「共振」してしまうのだが、こう考えてみたらどうか。その重層化した層を、ひとつひとつ独立に、とりだして、一方向の関係だけでなく双方向の関係にする。また、重なり具合や、積み重なりの順序を変えてみる。そうすることで、ボランタリズムとネオリベラリズムとは、これまでとは異なるつながり方を発揮してくるはずだ、と。

同じことは、政府行政という公的なセクターと、ＮＰＯや非営利セクターとの関係にも言えるだろう。両者は共振しやすいのだが、それは目指しているところに共通性があるからだ。共通性があるから、互いが反発したり、ともに引いてしまったりする逆作用もおこる。従来の官民協同論は、だいたいそうして縮小していった。しかし順作用や相乗効果を生み出す方法を考えたほうが建設的だ。

ＮＰＯや非営利組織が活発になると政府行政が引いていってしまうという補完性原理は、「超高齢社会」のような時代には、妥当なあり方とはいえない。後にも論じるように、役割分担や補完性という考え方ではなく、別のあり方を考えることは可能なのだ。その一例が、「第三者による政府」という政府行政と非営利組織との間の新しい公私関係のモデルであり、「交響圏とルール圏」という共生と連携のモデルである。

2 「介護の社会化」はなぜ行きづまったのか

介護保険に大きな逆風が吹いている。制度発足から二〇年、現状はどうなっているのか。上野千鶴子・樋口恵子編『介護保険が危ない！』（二〇二〇）によれば、介護保険はまさに危機的な状況だ。介護現場で働く人たちの多くがそう声をあげている。そもそも介護保険は「介護の社会化」を目指したものだった。介護の役割がなぜ女性ばかりに（暗黙のうちに）強要されるのか。介護離職（親の介護のために子どもや子どもの嫁が離職する）や男女の不平等を問題視するジェンダー論を持ち出すまでもなく不条理だ。介護を抱えた家族を社会が支援する必要がある。それが「介護の社会化」が求められた理由だ。これこそ時代や社会の求める政策、発足当初から大成功だった……はずなのだが、奇妙なのだ。介護保険の現状は「成功なのに失敗」つまり成功すればするほど失敗の烙印を押されていくというパラドックスを示しているからだ。失敗続きで破綻寸前というのなら分かる。ところが逆なのだ。介護保険は制度発足当初から成功しすぎたので財政危機になった。そこで保険者はあわてて利用制限と介護報酬の引き下げをはじめた。制度の持続可能性へと方向転換したのだ。すると今度は利用者や介護保険事業者からも制度は失敗に見えるようになった。せっかく成功したのに、関係者全員から失敗だと総括されている。そういう四面楚歌の状況らしい。なんでこうなるのか。とりわけ利用者にとっては「成功なのに失敗」という状況は納得がいかない。もちろん制度や保険者側にも言い分はある。これからますます高齢化は進んでいくのに、制度が破綻したら元も子もないではないか。これは、制度の評価にあたって軸が二つあるダブルスタンダード状態なのだ。一方からみれば成功、他方から見れば失敗と映る。これは矛盾というより「焦点の二つある楕円」状況だと考えられる。利用者の視点、保険者（政府・自治体）の視点、さらに事業所や事業者の視点まで入れれば三つ（以上）の焦点のある歪んだ楕円構造をしているのかもしれない。さらに中に入ってみると「サービスが官製の疑似市場を通して提供される仕組み」、「事業者が営利でも非営利でもない中途半端な状態」、それゆえ「営利と非営利のたがいの短所が合体する」など次々に問題を指摘することもできる。そのうえ利用者本人や利用者家族などが制度のあり方について意見を述べることが（実際上）できない仕組み、それも不満が高まる理由のひとつだろう。なぜこうなってしまったのか。そもそも「介護の社会化」という薔薇色のコンセプトの中に矛盾と弱点が内蔵されていたのではないか。しかし「社会化」という理念は手放したくない。全世代型社会保障を持ち出すまでもなく、それは今後ますます重要になっていくはずだ。市場や政府行政だけでは解決できない問題は増えていくばかりだからだ[1]。「介護の社会化」という理念は、ここが正念場で踏ん張りどころなのだ。「自助・共助・公助」という考え方と「介護の社会化」はどこがどう違うのか。福祉と保険はどう違うのか。補足なのか補完なのか相剋なのか。「介護の社会化」という理念を死なせないために「介護の社会化」の行方について考えてみたい。

介護保険は何をめざしたのか──超高齢社会の「福祉でない福祉」

当初、介護保険はどのようなものとして構想されていただろうか。介護リスクへの対応というよりは高齢者医療費の抑制や社会保障の再編成という意味合いが強かったようである。厚労省の中で制度づくりの中心を担った人たちによる回顧録『介護保険制度史』（二〇一六）やジャーナリスト大熊由紀子の『物語・介護保険』（二〇一〇）を読むと、その経緯は波瀾万丈、かなり大きな使命感に裏づけられた新時代の政策的な挑戦だったことが分かる。一九八九年の消費税創設をめぐる自民党の選挙敗退、野党からの高齢者福祉の拡大充実要求、それに応えるように「高齢者保健福祉推進一〇か年戦略」（ゴールドプラン）の策定、急速な高齢社会化に対応する単年度主義でない長期的な社会保障の体制づくりなど、時代

（1）たとえば「子育て支援」では不十分なので「子育ての社会化」をいう政策論もある。権丈善一は「子育て連帯基金」を紹介している（権丈善一『ちょっと気になる社会保障　V3』二〇二〇参照）

や社会のうねりが大きく影響していたようだ。その後、政権交代もあり、国民福祉税構想なども関連して九五年には「新ゴールドプラン」が開始された。この流れの背景には、急増する高齢者医療費の原因のひとつ「社会的入院の防止」(2)（寝たきり老人ゼロ作戦）(3)があった。高齢社会における医療費などを抑制するための在宅生活支援が想定されていた。在宅支援のほうが入院や入所よりもはるかに低コストだと考えられたからだ。現在から考えると目論見違いがあったのかもしれないのだが、それは後の話だ。

もう一つの背景として八〇年代半ばから全国各地でボランティアや非営利団体による「住民参加型在宅福祉活動」が続々と生まれていた。それは医療や看護や福祉の制度的な発想とは違うところから生まれていた。日常生活のヘルプ（生活支援）を必要とする人たちへの民間の助けあい活動をベースにしていたから、目指していたのは制度的な「福祉」（貧困などの困窮者を公費で救済する仕組み）ではなかった。かといって市場メカニズムを通じたサービスでも、無償のボランティア活動でもなく、(4)いわば高齢社会ゆえに生まれた「ニッチ」なすきまをうめる新たな試みだった。つまり「福祉でない福祉」とも言うべき試みだったのである。それは市民のつくる福祉、市民が参加する福祉（市民福祉）や、地域の住民の参加による、行政だけの福祉でもなければ社会福祉協議会や社会福祉法人だけの福祉でもない地域福祉、という発想ともオーバーラップする。つまり制度的な福祉だけでは不足してきしんでいた福祉制度の周縁部・もしくは外縁部にうまれた活動だったのだ。

これがいわゆる「有償ボランティア活動」につながる。[5]

つまり制度の設計や計画が始まった当初から、介護保険は、急増する高齢者医療への対応と、在宅での生活支援という、二つ（あるいはそれ以上）の焦点をもつ楕円状の構造をしていたのだ。高齢化が進み、高齢者の抱える医療や介護の課題が急拡大して、質的にも変容していくにつれて、[6]介護保険の制度設計それ自体も大きく変わっていくことになる。

（2）大熊由紀子『寝たきり老人のいる国、いない国』など、北欧の高齢者福祉に学ぶことが大きな流行になった。『物語介護保険』なども参照。

（3）本人の意思や希望に反して入院や寝たきりになっている（されている）高齢者のこと

（4）当初は無償の活動もあったようだが、早々にそうした活動はいきづまった。その後、ボランティア切符、時間貯蓄・タイムストック、地域通貨、会員制度、そして「有償ボランティア」など様々な工夫が次々に生み出されてきた。

（5）本書Ⅱ―4「二つの焦点をもつ楕円」参照。当時の活動を、私は放送大学のＴＶ番組として取材報告したことがある。それは今日の介護保険事業とは、まったく異なった自由さと活動の喜びで満ちていた。制度に頼ることなく、自分たちの思いにしたがって活動している喜びが漂っていた。利用者側にも提供者側にも、相互の思いとニーズが合致した時の独特の共鳴感があった。少額の有償性が、かえって両者の自由度とシンクロ率を向上させていたのだ。

（6）とりわけ大きな変化要因は、認知症高齢者の急増だった。介護保険の当初のケアの単価を計算するにあたっては特別養護老人ホームの二四時間タイムスタディーと呼ばれるものが採用されていた。つまり明らかに在宅での認知症高齢者のケアなどを想定していなかった。

歴史的にふり返ると、介護保険はボランティア活動から生まれてきたものではない。しかしそう見えるところもあったのだ。またボランティアやＮＰＯを支援するためのものでもない。でも、そう見えた時もあったのだ。錯覚だったのかもしれない、幻想だったのかもしれない。でもこのように共振・共鳴する時代背景があったから、介護保険は実現したのだ。

それはなぜだろうか。高齢化や高齢者の介護という問題は、だれにとっても普遍的なテーマになっていたからだ。税を財源とした「社会福祉」制度として対応することは困難だと了解されていた。家族は核家族化や少子化で縮小し、地域共同体のたすけあい機能も縮小していた。しかし市民のボランティア活動をベースにした対応だけでは対応困難なことは明らかだった。こうしたことが、しだいに政府行政、政財界や企業経営者にも浸透していった。さらに女性を中心として市民の共通理解になっていった。このプロセスを、仁平典宏はネオリベラリズムの時代背景による、社会保障の方向転換に関する市民と行政府との「共振」として描き出している。(7) 要するに、市民や政府行政も企業社会も、同じ時代認識をもっていたのだ。

次第に制度的な姿を現してきた介護保険には、市民福祉や地域福祉という期待もあった。

そこに市民団体も大きく共鳴したのだ。しかも保険は保険だが政府行政が保険者となる社会保険である。ここに介護保険の不思議も詰まっている。保険なので保険料が必要だ。保証されるのは「保険事故」に限られるが、保険者は保険会社ではなく国や地方自治体（現在は市区町村）だ。つまり「社会福祉」ではなく「社会保険」、しかも国や自治体が深く関与するという意味で「福祉でない福祉」「民間保険ではない社会保険」でもあるのだ。

制度設計には途方もない時間と労力がかかったことだろう。ドイツに先行する介護保険があったものの、まるで別物だった。高齢化の世界最前線を走る日本の今後を占う制度設計として、みんなが頭と力をふりしぼった成果だったのだ。

自助・共助・公助の「補完性」とは何か

画期的な制度だったとはいえ、現在から見ると矛盾や問題も多い。すでに多くの研究書が出ているから、それらにはない論点を三つだけあげておく。

第一は、社会福祉と社会保険とが混ざりあうと、「自助・共助・公助」の区別や線引きが不分明になることだ。[(8)] 自助と地域共同体のたすけあいやボランティア活動などの共助と、

（7）仁平典宏「社会保障」、小熊英二編、二〇一九、『平成史（完全版）』は詳しくその時代背景を説明している。

社会福祉や社会保険の公助との役割分担が曖昧になっていく。たとえれば「ゼロサム」状態でイメージされてしまう。ひとつの物差しの上で自助・共助・公助が位置づけられ、自助や共助が大きければ、公助は小さくていいことになる。公助が大きいと自助や共助が縮むと想定されているのだ。ここに福祉の全体を大きくする発想はない。この発想の根元には、英国の社会福祉の「補完性原理（Subsidiarity）」がある。補完性原理とは、個人や家族や共同体などのできないこと（だけ）を政府行政がカバーするという考え方だ。この考え方は、シンプルで誰にも分かりやすい（ように見える）ところに落とし穴がある。そもそもキリスト教的な世界で発達してきた考え方だから、社会はひとつの大きな宗教的な共同体であるという発想から始まっている。それゆえ社会福祉も「自助・共助・公助」がバランスをとりながら助け合うのだ。

ところが現代社会のような、多様な家族、共同体（エスニシティ等も含む）、価値観、ニーズの混在する時代には、補完性原理はそうかんたんには機能しない。自助・共助・公助の境界線がぶつかったり、互いに排斥しあったり、矛盾することもある。そもそも社会的ニーズが、一次元的な尺度のうえには位置づけられない。同じニーズ、同じ尺度をもっていない人たちの間では、補完は必ずしも補完として機能しない。むしろ相剋、矛盾、対立や相対的剥奪になりがちだ。日本で「自助・共助・公助」という一次元的な役割分担が受け入れられやすいのは、日本をひとつの均質な共同体としてみる見方が根強いからだろう。

しかしそのような社会的な基盤は失われつつある、しかも急速に。

行政と保険——半行政の半保険

第二に、社会福祉から社会保険へ移行していくと、「公共原理と市場原理」の区別や役割が錯綜してくることである。

保険はリスクに対応するためのものである。なぜ保険は機能するのか。さかのぼって考えてみると、大航海時代に「保険」は「株式会社」という仕組みとともに生まれ発達した。大きなリスクを分散・共有することで、大航海時代の冒険的な投資とリスクに対応する仕組みとして始まったのだ。この原理でいけば、たとえば、会社組織は事業に失敗したら破綻処理され負債は解消される。倒産したり買収されたり吸収されたりして失敗が清算される。失敗の負債は株主という投資者が負うことにある。責任と負債はその範囲内で迅速に清算処理される。マイナスも大きいが、失敗から学び、よりよい投資へ向けて時代状況の変化に即応できる仕組みである。

(8) 二〇二〇年現在、公助はどんどん引いていき、政府からは、しきりと自助と共助が強調される時代になっている。

ところが、「公共」（政府行政や自治体から医療や福祉、教育機関まで）では失敗がゆるされない。[9] 失敗したとしても破産や倒産といった債務負債や組織の処理ができない。つまり失敗したときに責任の所在を追及することに限界があり、破綻処理もきわめて難しい仕組みになっている。ということは「失敗できない」仕組み、たとえ失敗してもそれは失敗としては処理できないことを意味する。失敗が失敗と言えない仕組み、失敗として処理できない仕組みが公的制度なのだ。[10] 考えてみれば、これは急激な高齢化や少子化という社会の急激な変化には迅速に対処することの難しい仕組みである。何が「正解」か分からないが、何かにすぐに取り組む必要がある時には、失敗や破綻というリスクを共同でとる仕組みとしての企業組織のほうが適切かもしれないのである。

もちろんこれは逆にも言える。結果として、成功でも失敗でもないような中庸のあたりに社会を安定させていくことも必要になることがある。そのためにはクッションとしての仕組みも必要だろう。成功でも失敗でもない、どちらでもない領域も必要だと考えることもできる。サービスの担い手や提供主体が、社会なのか会社なのかによって、大きな混乱も生じることになる。公的責任と私的責任、自助と共助と公助との区別や役割分担が、時代状況や社会の変化によってどこまでも曖昧になっていくのだ。失敗できないことが、制度の改良や改革をしにくい制約となって現在の介護保険制度全体に影響しているのではないか。制度の失敗をカバーするために、二重三重以上のプロテクトがかけられ、複雑な仕組みとシミュレーションによってシステム全体が破綻しないように制御される仕組みになっている。が、それはあくまでシステムの論理の上でのことで、実際は、破綻するときには、ソ連邦が崩壊するときのように、誰も予測できないうちに、突然にシステム破綻が起こってもおかしくはない。

ドイツ介護保険の示唆するもの

第三は「営利と非営利」の区別が曖昧、いや区別がないことである。介護保険という仕組みのうえでは「営利と非営利」という法人間の区別や役割分担は想定されていない。制度に則り、制度の指定するサービスを提供する団体間に違いがあってはならないというの

(9) 医療保険も、介護保険も、基本はいつ起こるか、誰におこるか分からないリスク(病気や要介護)への対応のためのものである。それを自己責任ではなく強制的な社会保険にするところに近代社会の合理的な性格が表れている。

(10) ひろく世界を見れば国がデフォルト状態になる事例も散見するようになってきた。韓国はアジア経済危機の時期に、IMFの経済統制下に置かれたし、近年ではギリシアが経済破綻してEUの援助を求めた。世界最高額の公債残高を抱える(世界最高の借金をしている)日本も、経済破綻しないとは誰も言えないだろう。しかしほとんどの人はそう考えてはいない、考えたこともないに違いない。この国家や公共団体への信憑(ほとんど信仰)が、日本の社会保障や社会保険や介護保険のキーワードのひとつである。

が介護保険の基本原則である。ここには、非営利であることを特別視したり、営利を排除する発想はないのだ[11]。

日本の介護保険はドイツの介護保険を研究して作られたと言われる。しかしこの両者は似ていない。違いとしてよく言われるのは、ドイツには家族介護者への現金支払いがあるが、日本の制度にはなくて現物サービスのみである、ということだ。しかし、あまり言及されることはないが、もっと大きな違いがある。それは非営利組織の位置づけだ。

ドイツの介護保険の実態を調査してきた豊田謙二や黒木邦弘によれば、ドイツで介護保険サービスを提供している団体の約八割が非営利組織である[12]。しかもそのほとんどを六つの主要な宗教系の非営利組織が占めている[13]。ドイツの介護保険制度は、宗教系の団体による非営利サービス提供の伝統にもとづいている。つまり市場原理ではなく、非営利原理にもとづき、宗教系団体が中心となって提供されるサービスである。こうした条件の中では「補完性原理」が機能すると考えられる。

ところが日本では公的医療制度をモデルとして設計された。それは民間の医療法人を中心とした医療サービス提供モデルである。医療法人は「半営利・半非営利」つまり完全な営利でもなければ、非営利でもない法人形態だ。介護保険の制度設計にあたって発言力のあった岡本祐三らによれば、それこそ日本の医療制度を成功に導いてきた立役者である[14]。岡本によれば、民間の医療法人の力があったからこそ、日本の公的医療保険が全国津々浦々まで迅速に浸透したのだという。この成功体験を、介護保険でも反復させたかったに違いない。この主張にはもっともな点がある。制度の設計段階では、ＮＰＯ法もＮＰＯ法人もなかった。社会福祉法人は社会福祉法にしばられ、社会福祉協議会も多様な役割があったから、民間非営利の介護保険指定サービス事業者になりきれるはずもなかった。生協や農協を介護保険の中心的な担い手に想定するのは無理だった。医療法人や民間の営利企業の参入を促進することが優先されたのも当然だったかもしれない。ドイツの場合とは大きく条件が異なっているのだ。結果として、「制度あってサービスなし」という問題はさけられたが、日本の介護保険は、ドイツのそれと比べると、かなり市場メカニズムに近いものになった。

(11) この発想は、社会福祉法人改革でも「平等性原理（イコール・フッティング論）」として論議された。しかし本書の立場とは逆の、非営利を営利と平等に扱えという文脈で。
(12) 不思議なことに、ドイツと日本の介護保険の違いを「非営利」の扱いに注目して研究したものは少ない。豊田（二〇〇四）を例外として。
(13) 豊田の紹介によれば、六つの福祉団体の中でも、ドイツカリタス（カトリック系）、ドイツプロテスタント教会ディアコニーの二つが断然大きく、全体八割をしめているという。しかもキリスト教系の団体が活動する地域では、「教会税」も存在している。教会と協会と福祉とが、まさに補完性原理の上に協働しているのだ。
(14) 岡本 祐三・田中 滋（二〇〇〇）『福祉が変われば経済が変わる—介護保険制度の正しい考え方』東洋経済新報社、などを参照。

ここに矛盾が生じる。介護保険のコントロールが難しくなるからだ。「市場メカニズム」を政府が中央管理の巨大な情報処理システムで監視しながらコントロールする必要が出てくるのだ。言ってみれば「資本主義的な社会主義システム」のように運営しているのが日本の介護保険なのだ[15]。

制度発足当初は、営利と非営利の「良いとこ取り」の相乗効果が起こった。医療法人や社会福祉法人だけでなく、多くの民間事業者も参入してブームになった[16]。住民参加型在宅福祉サービス活動団体の多くもＮＰＯ法人格を取得して介護保険指定事業者となれた。さらに生協・農協も多く参入した。ブームのように高齢社会ではシルバーサービスが成長産業となる、という明るい未来像を描き出していたのだ。

このように順調な滑り出しをみせた介護保険だが、この成功がやがて暗転の理由となる。制度が浸透して、介護保険の利用者が急増すると、そのデータをもとにしたシミュレーションの結果、財政破綻がはやくから危惧されるようになったからだ。サービスの質よりも、制度の持続可能性のほうが優先順位が高いのが、公的制度の宿命である。二〇〇五年以降、改正介護保険法が成立するたびに介護報酬の引き下げが実施されるようになり、介護保険サービス利用の抑制が始まった。介護報酬の引き下げによって事業者の収入がへり、それが介護労働者の賃金引き下げや、利用者の利用制限へと展開する負のフィードバックがはじまった。その結果、介護保険事業者の廃業や、介護職の離職・転職が急拡大した。

この場面では、営利と非営利のマイナス面が相乗効果を生み出したと言えよう。

「介護の社会化」が行きづまる理由

上野千鶴子・樋口恵子編『介護保険が危ない！』には、介護保険の劣化を止めて、「介護の社会化」をさらに進めるための妙案が含まれているだろうか。批判する声は爆裂しているが、今後の対策についての建設的な意見は見当たらないのだ。それはなぜか。「介護の社会化」がなぜ行きづまるのか、その原理的な理由が解明されていないからではないか。もちろんその解明はかんたんではないが、理由のいくつかを考えてみたい。

第一は、介護保険における営利と非営利の混在である。しかし行動経済学が教えるところ、営利と非営利が混ざり合うと、市場は道徳を締め出す。介護保険の現状がそうかどうかは評価が分かれることだろう。しかし現状は着実に営利法人のシェアが拡大してきている。また社会福祉法人や社会福祉協議会の立場も難しくなっている。社協では撤退すると

---

(15) 安立は『超高齢社会の乗り越え方』の中で、小竹雅子の『総介護社会』を紹介しながらこの問題を論じている。

(16) 高齢社会ではシルバーサービスが成長産業として注目された。厚労省も外郭団体としてシルバーサービス振興会などを起こして、この流れを加速させた。

ころも多く、また社会福祉法人は特別養護老人ホームなど施設の運営・経営に特化していく傾向がみられる。NPO法人など民間非営利組織も苦戦している。ぎゃくに医療法人等の役割は拡大していくことになるだろう。この一因は、営利と非営利の混在した疑似市場という構造にあるだろう。営利と非営利の境目が見えない、いや、ないことになっている。事業者はみな同じと見なされる。これでは非営利であることの積極的な存在理由は見つけにくいし、それを長所として打ち出すことも困難だ。今さら制度の根幹を戻すわけにはいかない。もし戻したとしても変質した規範や道徳は元に戻らない。行動経済学では、そういうことも知られている。これは難問だ。

第二は、「市民参加」による「市民福祉」という理念を推進する主体がフェイドアウトしかけていることだ。介護保険や「介護の社会化」の必要を社会に広く浸透させたのは、全国各地で苦労して介護を担ってきた女性や主婦の人たち、そしてその人たちが作り上げてきた住民参加型在宅福祉活動だった。その人たちの多くが介護系NPOとして活動してきた。しかし介護保険は市場メカニズムを強く反映する仕組みになっている。「市民参加」による「市民福祉」の実現という理念の実現は、介護保険内部では見いだしにくい。介護保険が、どこにでもある行政管理型の運営や疑似市場のような色彩を強めるにつれ、女性や主婦層が作り上げてきた「市民参加」による「市民福祉」という「社会化」のエネルギーは失われつつある。

第三は、「介護の社会化」は市民と政府行政との「協働」が必要な領域なのに、その両者の距離が介護保険のもとでは広がりつつあることだ。政府行政は三年ごとの介護報酬の改定など、制度の運営はするが、また規制や運用の管理監督はするが、制度のアンパイヤのような役割に徹して、市民との「協働」からは手を引きつつある。アメリカの政府行政とＮＰＯとの「協働」のあり方のモデルとしてレスター・サラモンが提示した「第三者による政府」モデルは、日本ではまったく顧慮されていない。そもそも行政とＮＰＯとの協働（パートナーシップ）ということ自体が、スローガンのようなものになり、実質的にはＮＰＯなども行政の下請化していると言われる。この状況を変えるには、政府行政もＮＰＯなど非営利の組織も、外形的な組織の枠組みを超えて「協働」する必要がある。それがサラモンのいう「仮想化（バーチャル化）」だ。しかしアメリカにおける「第三者による政府」も困難に瀕しているが、そもそも日本ではそういうモデルが考慮されたことすらない。政府行政は政府行政、民間は民間、非営利は非営利、そしてＮＰＯはあくまでＮＰＯなので、それ以上の役割は果たせない。これでは政府行政と非営利の組織との実質的な「協働」は難しい。

このままでいいのか。そんなはずはない。「では、どうしたらいいのだ」。

本書のⅡ（後半部）では、この問題を、「社会化」を進める担い手としてのボランティアの原理と、「非営利」の組織であることの可能性から考えてみたい。他にも様々な可能性があるだろう。本書の考える方向性は、多くの可能な選択肢のなかのひとつにすぎない。しかし考えるに価する選択肢のはずだ。

3　超高齢社会の地方はなぜトリアージ（命の選別）されるのか

限界集落、地方消滅、無縁社会、少子化や超高齢社会……その先にやってきたコロナ禍とパンデミック。まさに今こそ政府行政、政治と国家の本当の出番がやってきたのではないか。今こそ正念場、本気を出すべき時代だ。……ところが、おかしいのだ。政治も政府も行政も、みな及び腰のうえ、打ち出してくるのは対処療法のようなものばかり。なぜなのか、どうしてなのか。

たとえば「地方消滅」という問題提起のあとに出てきたのは小型の「地方創生」対策だったし、介護保険制度も持続可能性へと舵を切って、ますます制度を不安定にしてしまった。少子化対策や子育て支援も効果を上げているとは言えない。その上、こんどのコロナ禍だ。

一般には、こうした対応は仕方ないものと受け止められている。人口は減少しているのだし、地方から若者は流出しているのだし、高齢者の数は激増しているのだし、このままでは介護保険財政は破綻しそうだし、これはどうにも致し方ない、そういう諦めをもって受け止められている。でも本当にそうなのか。そんな誰でも考えつくような対策しかできないのか。それではじり貧で負けは見えているのではないか。まるで敗色濃厚な試合に非力なリリーフ・ピッチャーが出てくるようなものではないか。ナオミ・クラインに『ショック・ドクトリン』という本がある。「惨事便乗型資本主義」というおどろおどろしい副題がついていて、災害時に政府や企業が進める事業を批判するものだ。でも、ショックのあとに思い切った対策が実行されて、後世からみて評価された事例も少なくない。ショックのあとに何をするか問題なのだ。ショックのあとに、本当に社会のためになるようなビジョンやプランを持つことができるか、それを実行できるかどうか。それこそ重要ではないか。

コロナ禍があぶり出したものは何か。第一に新型ウィルスが高齢者や基礎疾患を抱えた身体的弱者を直撃するということ、第二に経済的・社会的弱者も同じく狙い撃ちするということだ。健康問題を抱えていることと、社会生活上の問題を抱えていることが、「社会的弱者」として折り重なって現れてくる。そして災害や大震災時などに行われる「トリアージ」(災害時の緊急救命順位判定)が、全世界的に行われるようになった。トリアージは、医療関係者が災害時の救命順位づけを、「緊急順ではなく、救命可能性の順」に行うことを言う。医療ニーズの高い順ではなく、救命可能性が高い順に行うというのだ。災害緊急時には、平常時とは異なって、最大限の救命人数が可能な方向に医療資源を振り向けるという――これは一見、合理的なのだが、合理的すぎて合理性のオーバーランを感じさせる。人間が人間の生死を判断していくという恐ろしい発想にも見えてくる。

でも、考えてみれば、私たちは、すでにこれまでも同じことを平然とやってきたのだ。「地方消滅」という問題がそれだ。以前から「平成の大合併」として小さな自治体同士の合併は進められていた。なぜ自治体の合併が進められたのか。人口や税収が縮小していく時代にマッチした行政サイズへのリストラクチャリングというのがその理由であった。そのせいなのか意図せざる結果なのか、地方の高齢化や人口流出はとまらず、「限界集落」どころか「地方自治体の消滅可能性（いわゆる「地方消滅」）」というセンセーショナルな問題提起になった。

増田寛也らの処方箋は、災害時のトリアージそっくりであった。少子・高齢化が進み、日本の総人口は減少しはじめている。この時代にあって、すべての地方公共団体をこれまでと同様に維持していくことは困難だとして、地方公共団体の選別と機能強化を打ち出した。そして地方からの人口流出をふせぐダムのような都市が必要だとして地方の中核都市を設定する構想が打ち出された。その都市も「コンパクトシティ」として、都市機能や行政リソース（資源）を無駄なく中心部に集中させるという計画である。一見それとは見えないが、これは地方公共団体に対する中央政府からのトリアージ（選別）そのものである。「限界集落」でも「地方消滅」でも「コロナ禍」でも、まっさきにやり玉に上げられるのは高齢者である。それはあまりにも露骨なエイジズム（年齢差別）ではないだろうか。しかもそれが自覚ないままに蔓延している。この無意識の差別をこのまま放置しておいてよいのだろうか。これはコロナ危機が可視化した大きな問題である。

限界集落論から地方消滅論へ

農村社会学者の大野晃が「限界集落」という概念を発案したのが一九九一年のことだった。以来またたくまにこの概念は一般社会に浸透した。それが本当に「限界」なのかはさておき、人びとが漠然と感じていた日本社会衰退の負のイメージに、ぴったりあてはまる見方だったからである。問題の姿を高齢化率五〇％という分かりやすい基準で示したことで、不安の正体が見えた（と思った）のだ。研究者だけでなく、マスメディアや行政関係者など、みんながわっと飛びつくことになった。

この見方を拡大延長していくと増田寛也らの「地方消滅」論になる。人口減少社会、中山間地の過疎化、そして地方から若い世代の流出、とりわけ出産可能な年齢階層の女性がいなくなることを根拠に、全国八九六もの自治体が、将来的には消滅することになるというショッキングな予測図を示したのだ。この「地方消滅」論はまさに、ナオミ・クラインが論じる「ショック・ドクトリン」そのものだったと言えよう。地方が消滅していくという「ショック」を与えて、だから急いで対策を実施せよ、と迫る。かなり強引な中央集権型の政策提案だった。

しかし「地方は消滅」という見方は、本当に正しいのか。もちろん地域社会学者たちは、この「限界集落」という見方や、「地方消滅」対策を批判してきた。これまでの知見を総合すると、次のように言えるだろう。住んでいる人の年齢が高齢になっていくだけでは、地方は消滅したりはしない。「消滅」するのは、近代になって産業化により急いで人為的に作られた産業のための町だ。そこで働く労働者のために急づくりでつくった町や村だ。産業の必要で生まれた町は、たとえば炭鉱町のようにその必要がなければ消滅していく。しかし高齢化によって人口規模が縮小してきたような村や集落は、そう簡単には消滅しない。なぜか。他出していった子どもたちが近隣にいるからだ。子どもたちは同居はしないが近居していて、超高齢化していく集落の人たちを支えていくからだ。限界集落など様々な集落を調査してきた農村社会学者の徳野貞雄らの調査グループが明らかにしてきたのはこういうことだ。[1]

（1）徳野貞雄や山下祐介らは、中央からの視点で書かれた増田寛也らの「地方消滅」論を批判して、「地方消滅」や「地方創生」論の多くが「上から目線」の政策論であることを批判している。増田レポートが提言する「選択と集中」（地方からの人口流出に対抗するダムとなるような地方中核都市の必要性）は、こうした「限界集落」の実態をふまえておらず、「地方創生」は、地方のためのプランではなく、中央政府にますます従属させる政策だと批判している。

私も、一〇年ほど前に、瀬戸内海にうかぶ島、山口県大島郡周防大島町にフィールドワークに出かけたことがある。周防大島は、当時から日本最高水準の高齢化だと言われていた。さらにその最南端に位置する小さな沖家室島は、周防大島とつながる橋ができたあと若者の流出がつづいて超高齢社会を越える超々高齢集落になっていた。しかし消滅はしない。他出していった人たちが、愛着をもってこの島を陰に陽に支え続けているからだ。お年寄りもここから出て行くつもりはない。人口の高齢化というデータだけ見ていても、こうした集落の現実と将来をかんたんに予測することはできないのだ。

「地方消滅」とコロナ危機の同型性

これは中央からの一方的な見方と政策に対するきわめてまっとうな批判であると思う。山下らは全国の過疎地を歩いてきたというだけあって、浅薄な「地方消滅」への怒りを含んだ主調だ。これは中央からみた中心のための政策に対抗する地域からの社会学のあり方を主張するものである。

考えてみると、現下のコロナ・ウィルスの危機は、「地方消滅」論と多くの点で酷似している。どういうことか。それが生命や社会に対する大いなる危機であるという声高な主張にもとづき、この危機に対処するためには、分散した個別の対応ではなく、中央からの強力な政治的リーダーシップが必要だという性急な主張が接続している。コロナ危機によって政府や行政も、これまでにない迅速で効果的な政策実施が求められている。新たな政府需要が生まれる。「地方消滅」や「コロナ危機」は、強くて大きな「政府」を必要としているというのだ。

前提となる状況認識の形が似ているだけではない。その対応策の構造と形が、さらにそっくりなのだ。たとえば「地方消滅」論では「すべての自治体を救えるわけではない」として「選択と集中」という考え方をとる。地方中核都市を選別し、人口流出を防ぐダムとして位置づける。さらにその中核都市も「コンパクトシティ」にしようというのだ。それは地域インフラを管理運営する行政にとって(財政的にも)効率的な都市形態へと移行させようという試みだ。そこに住む生活者の目線からではなく、政策目線・財政目線でみて合理的なプラニングなのだ。はじめから限界集落は視野の外にある。

災害時の救命医療も、この発想に瓜二つである。最重度の人から救命するのではなく、限られた医療資源を効率的に使って最大限の救命効果をあげようという考え方である。コロナ・ウィルスの危機でも、「医療崩壊の危機」を避けるためとして同じトリアージ的な対応が行われている。それを人命でなく「地方」にあてはめると「地方消滅」への処方箋となる。すべての自治体は救えない。だから選択と集中を行う、という論理になるのだ。これは「地方」のトリアージである。

社会全体の危機に直面すると、限界に瀕した集落や、人口減少で持続可能性が低くなった地方、高齢者で慢性的な疾患を抱えている人たちは、非情にも選別される。ふだんはできないことが、追いつめられると、あっさりと実行される。この論理がこのまま社会の標準になっていくとしたら、これは看過できない問題だ。限界集落でも、地方消滅でも、コロナ危機でも、生命の選別（トリアージ）が、それと自覚されることのないまま、行なわれているのである。

「地方消滅」や「超高齢社会」という見方をどう克服するか

限界集落論や地方消滅論への批判として、これまでどのような対案が提示されてきたか。徳野や山下らは、「他出家族」が「家族」として機能していることを重視してきた。そして集落の主体性を引き出すこと、集落支援のための体制づくり、「ふるさと回帰」政策のあやうさを指摘しながら、複数地域所属や第二の住民づくりなどの提案がなされている。どれもまっとうな提案だと思う。しかし次のような課題も残るのだ。われわれが「地方消滅」という見方にやすやすと絡め取られてしまう傾向をもつという危うさをどう克服するか。これは「超高齢社会」だけでなく「少子化社会」や「人口減少社会」にも当てはまる傾向なのだ。どういうことか。

私は『超高齢社会の乗り越え方』という著書の中で、「超高齢社会」という見方を批判的に考察した。その見方は、意識せずにエイジズムの視線を人びとの中に引き込ませるからだ。人口減少社会や超高齢社会という見方は「オーバーラン」する傾向がある。すると意識しないままエイジズムにつながるのである。それは社会に無意識の差別感を植え付け様々な悪影響を生み出すことになる。しかし批判するだけでは足りない。むしろ、まじめに現実をみて、詳細にデータを検討して、真剣に将来を考える人ほど、人口減少社会や超高齢社会という見方に染まりやすいのだ。おそらく「限界集落」や「地方消滅」という見方も、ほぼ同じタイプの人たちにアピールする見方だったのだろう。政府・行政や企業の中でもマーケティングや将来戦略などの部署で働いている人ほど、この見方に染まりやすい。まじめに真剣に将来を考えている人ほど、やすやすとこの見方に感染してしまうのだ。それはなぜだろう。

問題は、現在の事実やデータから、未来を推測する、その外挿法的な推論の中にある。そこにある種の飛躍があるからだ。それが私の見立てだ。でも、事実は事実、データはデータではないか、と反論されるむきもあろう。しかし事実やデータの受け止め方や解釈は、その見方によって大きく変わるのだ。ヨーロッパの農村は日本以上に過疎化や限界集落化が進んでいるように見えるが「地方消滅」というような声は聞かない。人口の少ない北欧でもそれを危機と受け止めてはいない。人口問題に対する世界の対応はじつに多様である。日本はどういうわけか反応が一様になりがちだ。人口データを多様に見ることになれていないからなのか。

「地方消滅」論は、高齢化率や少子化データをきっかけに始まった。少子化対策や「超高齢社会」対策も、統計数字を示しながら、それが客観的データにもとづく科学的な対応であるかのように政策を推進しようとする。政府・行政（そして大学や研究機関も）は、そういう上から目線に染まりがちなのだ。われわれは、データを見れば見るほど、学べば学ぶほど、上から目線で将来を考えてしまう傾向がある。これは危険な兆候ではないだろうか。多様な人たち（年齢はもちろんのこと、性別ですらＬＧＢＴのように多様化しているし、国際化によって日本の中にいる外国人の数も激増している等）を、その多様性の相から見ないで、単純なカテゴリーとして見てしまう。そのことが無意識的な差別（エイジズムやセクシズムやレイシズム）につながる。そのことのマイナスは計り知れない。

「地方消滅」という見方をどう克服できるかは、「超高齢社会」という見方をどう乗り越えられるかとつながっている。これは21世紀のわれわれの大きな課題なのだ。

《コラム》

「ウッドストック」とは何だったのか

——ジョニ・ミッチェルを聴きながら

全世界が、日本も含めて、学生運動や反戦・政治運動、カウンターカルチャー（対抗文化）やヒッピームーブメント、ジャズやロックンロール、前衛演劇など様々な新しい若者文化や社会運動で発熱していた時代のまっただ中だった一九六九年の八月、米国ニューヨーク州の片田舎（ヤスガー農場）で四日間にわたる巨大な野外コンサートが開かれた。集まった観客はなんと四〇万人、空前の規模だった。この伝説的な野外フェスティバル「ウッドストック」については、映画やレコードなど様々な記録や音源が残されている。

ここに紹介するのは、このコンサートに出演を依頼されたが参加できなかったひとりの女性ミュージシャン（カナダ生まれだがアメリカで世界的な歌手になった）の作った歌である。その人、ジョニ・ミッチェル（Joni Mitchell）が作詞作曲した「ウッドストック（Woodstock）」という歌はわたしを深く考えさせる。

その歌は静かに次のように始まる。

I came upon a child of God
He was walking along the road
And I asked him where are you going
And this he told me
I'm going on down to Yasgur's farm
I'm going to join in a rock 'n' roll band
I'm going to camp out on the land
I'm going to try an' get my soul free
We are stardust
We are golden
And we've got to get ourselves
Back to the garden

大意を訳すと次のようになるだろう。

ウッドストックのヤスガー農場に行く道すがら、神の子（イエス・キリスト）に出会ったんだ。彼もそこで野宿しながらロックンロール・バンドに加わると言うんだ。なぜって？そこにいって、魂を自由に解き放ちたいからさ。この野外コンサートに集まるみんなは小さな星々さ。そこは誰もが星のように輝き出す楽園なんだ……。

実際にはウッドストックに参加できなかったジョニ・ミッチェルが、あとからウッドストックを美化したのかもしれない。だが、これが当時の若者に広く共感された思いだったのだろう。多くのミュージシャンがこの歌をカバーしたのもそのためだ。

興味深いことに、ちょうど同じ頃、日本も学生運動で騒然としていた。世に言う「全共闘」である。また西ドイツでも（ＳＤＳ）やフランスでも（五月革命）、チェコスロバキア（プラハの春）でも、いやアジアでも韓国（民主化闘争）、中国（文化大革命）……世界中で政治体制や社会のあり方への「異議申し立て」（サルトル）が沸き立っていた。

でも、ここで立ち止まって考えてみたい。ウッドストックにあって、日本になかったものは何だろうかと。

それは、自分たちの行動への「肯定」感ではないだろうか。自分たちが生み出しつつあるものへの確信にみちた肯定があるかどうか。そう考えてみるとどうだろうか。ジョニ・ミッチェルや欧米の学生運動にあって、日本の全共闘など学生運動に見いだしにくいもの——それがこの肯定感ではないか。

たとえば、日本のロックやフォークやニューミュージックなどに、仏陀や菩薩や神道の神々が出てくるだろうか。ありえない、誰もがそう答えるはずだ。でも、なぜありえないのか。あえてそう問いかけてみたい。

当時の日本の若者文化は、既存の「日本」のすべてに反抗していた。反抗はやがて、すべての否定へと向かい、ついには「自己否定」という全否定にいたる。それは、行き場のない袋小路だったとも言える。二〇二〇年は、三島由紀夫没後五〇年で、多くのTV番組や映画が作られた。中でも興味深いものが「三島由紀夫 vs. 東大全共闘」という映画だった。右派と目されていた作家・三島由紀夫が、最左派の東大全共闘と公開討論会に臨んだ記録映画である。様々なことを考えさせる実写映像だが、三島と全共闘、意見は右と左で正反対なのに、見ていると両者は共感しあっているのだ。それは何か。

一言でいえば、戦後日本への「否定」感情だろう。敗戦後の日本は平和憲法とか高度経済成長などといっているが、実態はアメリカの属国ではないか。戦後日本は、その現状に自足・満足して少しも怪しまない。そういう欺瞞とねじれにまみれた戦後日本への「否定」感情が、両者にあふれんばかりに共有されている。三島由紀夫は、翌年、市ヶ谷の陸上自衛隊市ヶ谷駐屯地・東部方面総監室で自決し、東大全共闘も安田講堂事件で大半が逮捕され収束していった。戦後日本のあり方への異議申し立ては、日本社会の大半からは聞き入れられず、やがて両者ともに「自己否定」へと突き進んでいった。大学は変わらなかったし、政治や天皇制や対米従属もゆるがなかった。日本社会は意外なほど打撃を受けなかったし、変わらなかったのである。

アメリカはどうだったのだろう。日本とは違ったのだ。アメリカの文化は、学生たちの運動のあと、大きく変わった。音楽は一新されたし、映画も「イージーライダー」などをへてニューシネマへと大きく変わった。政治も変わっていったし、大学も変わった。この違いはいったい何なのか。あまりにも大きな問いなので一笑に付されそうだ。しかしジョニ・ミッチェルの歌を聴くと、ここにひとつの答えがあると感じる。どういうことか。

カウンターカルチャー（対抗文化）や長髪のヒッピー、ロックンロール、それらは、体制側の大人たちからすれば、理解不能な「不良」たちだ。アメリカの正統文化への反乱・反抗・反逆としか見えない。しかし、若者側にはある種の確信があったのだと思う。それは一言でいえば「神の子イエス・キリストは自分たちの側にいる」という確信だ。これはどういうことか。

芸術家や作家、音楽家などが傑作を書いたときに、何かが降りてきた、という表現をすることがある。降霊体験のように、自力で書いたのではなく、何かの「呼びかけ」を聴いて書いたというのだ。(1)

米国のエスタブリッシュメントの大人たちから見れば、ウッドストックなど、いかがわしい不良青少年の祭りにすぎない。ところが若者たちは、ウッドストックの中に、「神の

（1） 神からの「呼びかけ」を聴くのは世界宗教のひとつの特徴かもしれない。モーゼもムハンマド（マホメット）も天からの「呼びかけ」を聴いた。これが芸術の世界でも起こりうるし、もっと敷衍してかんがえると、「天職」意識はまさにこれだ。西欧のキリスト教世界におけるボランティアの始まりも、おそらくこのような「呼びかけ」に答える行動だったのではないか。

子」が降りてくる体験をしていたのだ。神の子は、音楽に誘われて自分たちの中に降りたった。そしてロックンロール・バンドに加わっている。ともに演奏しながら、ともに感動しているのだ！その演奏を若者みんなが共感して聴いている。ロックバンドの大音響の中に神の声を聴いているのだ。それはなんという生き生きとした感覚であったろうか。狂信的な神がかりというのとは違うと思う。もっと自然に湧き起こってきた感覚だろう。神が地上に降りたって、みんなといっしょに歩いて音楽祭にやってきて、バンドメンバーの一員となって、若者といっしょになって演奏している……それが素直に信じられる感覚、この確固たる自信が、ジョニ・ミッチェルの「ウッドストック」には満ちている。おそらくこの曲を聴いているヒッピーやカウンターカルチャーの若者たちも同じことを感じていたに違いない[2]。

この、自分たちを理解し、自分たちの側についてくれる大いなる存在がいるという感覚——それは日本の若者たちの「異議申し立て」や「大学闘争」や「自己否定」には、まったくなかった感覚ではないだろうか。神や仏やキリスト……それは、日本の若者の念頭には浮かばなかった考えだ。ところがジョニ・ミッチェル（たち）にとって、それは自分たちを応援して肯定してくれる声だった。

たった一つの楽曲からいささか飛躍しすぎているかもしれない。でもそう考えると、米国の若者たちが、なぜ自信と確信をもって、その後の米国社会を根元から変えていったのかが分かるような気がするのだ。アメリカの学生運動、反戦運動、公民権運動、人種差別や性差別、そして年齢差別の撤廃運動などへと米国を導いていった民衆のパワーの根元にあったものは、これではないか。そう考えると、様々な謎が解けてくるように思うのである。

さらに飛躍すれば、ボランティアや非営利やNPOの世界も、こうした「呼びかけ」に応じる行為や活動という意味あいをもっているのではないか。

ウッドストックについてのジョニ・ミッチェルの歌は、そういう遙かなことまで考えさせる。

（2）西欧近代音楽の父と言われるJ・S・バッハは、ライプツィヒのルター派の聖トーマス教会のカントール（楽長）だった。教会のためにおびただしい数の作曲とミサその他での演奏を行った。バッハは音楽の中に神の顕れを見たし、バッハの音楽は神に捧げる音楽だった。そして神が、彼の音楽を聴いていることを、彼は疑わなかっただろう。

Ⅱ

21世紀の新しい「想像の共同体」

ⅡではⅠをうけて、「では、どうしたらいいのだ」という問いに答えてみたい。それが正解であるかどうかは分からない。誰でも考えつくような答えではだめだ、ということだけは分かっている。ここには考える価値のある「問い」がたくさんあるのだ。

二つの焦点をもつ楕円――は、介護系ＮＰＯの世界で広がりつつある「有償ボランティア」を考える。有償と無償を対立させて、それは矛盾だとする見方があり、いやボランティアを支援し発展させるためにも必要だという見方があり、対立している。本書ではそこに第三の見方を提案していきたい。円には焦点が一つしかない。しかし現実世界が楕円状だとしたらどうか。歪んだ球体だとしたらどうか。楕円には焦点が二つある。歪んだ球体ならもっとたくさんあるかもしれない。ボランティアとＮＰＯとの関係を、このように複眼で見るとどうなるか。

終焉のあとの弁証法——では、仁平典宏の「ボランティアの充満とNPOへの経営論的転回」という問題提起を受けて考える。ボランティアとNPOは同質なのか、両者は順接しているのか、逆接の可能性はないか、という「問い」を受けて、ボランティアとNPOの関係を考える。そこには弁証法的な転回と展開があるのではないか。

日本の「非営利」はどこへ向かうか——では、ボランティア元年から特定非営利活動促進法、介護保険、公益法人制度改革、社会福祉法人制度改革まで、じつは「非営利」のあり方や可能性は十分には論議されていなかったのではないかと考えてみる。これからの「非営利」のあり方のモデルとして、見田宗介の「交響圏とルール圏」がありうるのではないか。「非営利」の活動を、見田のいう「交響するコミューン」として考えるとどうなるか。そのためには、改革のあとの改革ではなく、改革の先の改革が必要なのではないか。

非営利という「想像の共同体」——では、特定非営利活動促進法の制定などに関わって、日本の市民活動や非営利組織のあり方を提言してきた山岡義典の『時代が動くとき』を読み解きながら、「非営利」とは、ひとつの「想像の共同体」のあり方ではないかという見方を提示する。それは実体であるばかりではない。むしろ「想像の共同体」を作っていくプロセスとして理解すべきではないか。その「想像の共同体」は、「超高齢社会」や「地方消滅」の時代にナショナリズムのような大きな「想像の共同体」ではない、21世紀型の新たな《想像の共同体》を作っていく営みなのではないか。

結の**21世紀への想像力**——では、ボランティアやボランタリーな活動そして非営利組織などは、「非営利」という「想像力」に駆動された活動ではないか、という見方を提示する。たんなる想像力ではない。それは21世紀型の共同体をつくっていくために必須の想像力である。もちろん社会全体をおおってしまうようなグローバルな共同体ではない。ナショナリズムのような「想像の共同体」とは正反対のベクトルをもつ。むしろ地域に根ざしてそれを「地元」に変えていくものだ。分断され孤立させられ、格差社会の中に巻き込まれそうになる人たちのシェルターにもなるような共同体、そして医療や介護に見られるように、物材の生産ではないヒューマンなつながりを、有機栽培のように育て、地産地消のように流通させて、新たな《地元》を作っていくような、そういう《想像の共同体》。それこそ今私たちが必要としていく21世紀の《想像の共同体》ではないだろうか。

4　二つの焦点をもつ楕円――「有償ボランティア」の第三の見方

「ボランティア」とは何か。この主題は果てしない議論を呼ぶ。いつまでも議論でき、いかようにも定義が可能だ。そもそも日本語でなく外来語だからである。ところが外来語でありながらカタカナのまま日本語になっている。そこで英米語圏における語義とはだいぶズレや違いが生じたまま日本語化していく。柳父章の翻訳語についての興味深い論考によれば、日本語には、大和言葉のレベル、中国からの漢語のレベル、そして明治以降の翻訳語のレベルなどが重層している。そして翻訳語には、原語とは異なる意味やニュアンスが加わって独特のカセット効果（魔法の宝箱のたとえ）があるのだという。完全には理解できず、分かりきれない謎の部分が残されている。ゆえに流行し、ゆえに重宝され、ゆえに多用される。みんな分からないのに、いや、分からないからこそ、外来語や翻訳語は使われるのだ。「ボランティア」はまさにその好個の例だろう。欧米の語源にさかのぼって原義が論じられ、それとの対比・対照で日本の「ボランティア」が論じられ、称揚されたり批判されたりする。やがて独特の日本型ボランティアが生まれてくると、その逸脱や誤用や「ガラパゴス化」が指摘されたりもする。

ここでは近年の「ボランティア」論でもっとも鮮明な意見の対立が起こっている「有償ボランティア」を考えてみたい。「欧米では……」という言い方をすれば、ボランティアは本来無償活動なので、これは矛盾だ、コトバの誤用だ、という議論がかんたんになりたつ。しかし米国でも、スタイペン（stipend）という概念があって、経費や振興のためのインセンティブ経費を支出するボランティア・プログラムは存在する。アメリコー（AmeriCorps）やビスタ（VISTA）、シニア・ボランティア・プログラムやRSVPなどたくさんのボランティア促進プログラムがあるが、これらは、みな政府等によるインセンティブ付きのボランティア促進プログラムである。(1) これはボランティアの一種なのか、変種なのか、有償なのかそうではないのか、ボランティアと呼んでよいのか。そういう果てしない議論もおもしろいが、さらに重要なのが、日本のボランティア、とりわけ介護系NPO団体などで用いられてきた「有償ボランティア」という表現だ。あえて「有償」というコトバを使って無償ボランティア論者に挑戦しているかのようだ。ここで問題提起されているのはどんなことなのか。介護系NPOの立場からその意味を説明してみるとこうなるのではないか。超高齢社会に向かってまっしぐらな現在にあって、無償のボランティアだけではとても足りない。市場から提供されるような有料サービスはふつうの人には支払い不可能だ。かといって政府行政に求めてもひどく窮屈なうえ求めているものとは違う。

そこで無償ではない、賃労働でもない、新たな中間的な活動が必要だ。労働ではなく活動であり、対価ではなく謝礼である。(2) だからあえて論争を挑むような「有償ボランティア」というコトバを使ったのだ。ボランティアという言葉を女性や若者たちに限定していくような狭い概念にしたくない。かといって政府行政に依存せず、独立した民間の自由で自発的な活動でありたい。それを持続・発展・展開させたい。「福祉でない福祉」という普遍性をもった活動にしていきたい。市民による事業展開として、政府行政でも企業でもない活動にしていきたい。そういう多義的な複数の思いや意味をこめると「有償ボランティア」という矛盾をふくんだ言葉になったのだ。そう説明できるのではないか。もちろんそこに切実な必要があったからだろう。では、どのような必要性が存在し、どのような効果をもってきたのか。この「有償ボランティア」という概念は、今後、どうなっていくのか。「有償ボランティア」という挑発的なコトバは、誤解をうむから「有償スタッフ」などと

---

(1) インセンティブにはじつに様々な種類がある。たとえば貧困ゆえに、ボランティアしたくてもボランティアできない人たちへの政府からのインセンティブ付きの支援プログラムが「シニア・ボランティア・プログラム」である。

(2) 金銭でなく点数やポイントの場合もある。地域通貨のようなバウチャーの場合もあるし、会員制をとって会員相互でやりとりする謝礼制という場合もある。ボランティアの活動時間を記録し貯蓄し流通させようとするシステムもある。じつに多様な工夫や仕組みや用語が発明されてきた。

言い換えるべきだと主張する大阪ボランティア協会の早瀬昇の議論も紹介しながら、福祉やNPOの現場の方々へのインタビュー結果を対比させながら考えてみたい。

有償ボランティアとは何か

では「有償ボランティア」とはいったいどのようなものなのか。早瀬昇の『「参加の力」が創る共生社会』がそれを分かりやすく説明している。

早瀬は議論の前提として「ボランティア」を、自発性・社会性・公共性・無償性から成る活動だとする。なかでも無償性に注目する。なぜなら無償性ゆえに、仲間・同志の関係を保ちやすい、報酬でなく共感でつながり合える、金銭的尺度での評価を避けられる、共感性の高い発信力や調整力が生まれる、という四つの長所がうまれるからだという。早瀬の「ボランティア」論は、欧米の Volunteer 概念を日本に導入したものの中でもっともオーソドックスなボランティア理解だといえよう。

ところが一九八〇年代後半から、この無償性に対立する「有償ボランティア」なるものが勃興してきた。当初から語義的に矛盾があるとして、正統派のボランティア論からは批判されてきた。しかし四〇年たった現在でもこの言葉は一向に衰える気配がない。それどころか、ますます一般化している。なぜなのだろう。大きな謎だ。そこから考えていこう。

早瀬は第一の理由として、時代背景から説明している（以下、引用）。

・一九八〇年代後半から少額の謝礼をえて活動する「有償ボランティア」と呼ばれる活動が広がり始めました。
・その背景には、有償の社会活動が成立しうる環境の変化があります。たとえば在宅高齢者への生活支援などの場合（……）支援を受ける人にそれなりの経済力があるケースがふえてきました。
・さらに無償の援助に「恩恵的」「慈善的」なイメージを感じ、多少とも謝礼を支払った方が気が楽だという依頼者も出てきました。
・額の多少はともかく謝礼を支払えば、雇用主や消費者（顧客）という立場になることもできます。

（早瀬、前掲書　五一～五二頁）

また、早瀬は第二の理由として組織の必要性についても説明している。

・在宅高齢者への生活支援などの場合（中略）、福祉施設などでの（無償ボランティア）活動に比べて、担い手の責任が重くなりやすい点も有償化の要因となりました。
・たとえば下の世話のように、待ってくれないニーズである身体介護などへの対応は、サービスを常時安定的に提供する必要があります。
・そのためスタッフを専従にしたり事務局を整備したりする必要があり、この資金確保という理由が生じるのです。

さらに第三の理由としてボランティア・イメージもあげている。
・無償の援助に「恩恵的」「慈善的」なイメージを感じ、多少とも謝礼を支払った方が気が楽だという依頼者も出てきました。
・実態はアルバイトと変わらなくても、「有償ボランティア」と呼ぶと、「ボランティア」という言葉に伴う自発性が連想され、能動的イメージが込められます。そこでアルバイト募集とするよりも、活動に共感度の高い人たちを得られやすくなります。
・しかも最低賃金よりも低い条件であっても、ボランティアなのだからと説明でき、人件費を圧縮できます。
・活動する側も、お小遣い的とはいえ謝礼が得られます。賃金のために働くイメージが伴うアルバイトよりも、社会的に評価されているように感じる人もいます。
・依頼する側も活動する側も便利な呼称、それが『有償ボランティア』です。

（早瀬、前掲書五三頁）

このように「有償ボランティア」という言葉が出現してきた理由や背景には理解を示しつつも、それを「ボランティア」と呼ぶことで生まれる誤解やマイナスが大きいので「有償スタッフ」などと言うべきだと提案している。これは概念の上でも理屈のうえでもすっきりした整理である。この早瀬の論旨は分かりやすいのだが、それゆえいくつかの視点や論点が抜け落ちているようにも感じられる。そこを補いながら、もうすこし考えてみよう。

「有償ボランティア」はなぜ生まれたか――その時代背景

まず歴史的な背景が重要なのでそこをふり返っておこう。早瀬も一九八〇年代後半からの「住民参加型在宅福祉活動」などが「有償ボランティア」という両義的な活動を生み出したことを説明している。

一九六〇年代から進んでいた核家族化や小家族化が、大きな社会ニュースとなったのは一九九〇年の「一・五七ショック」という出来事であった。出生率の低下が一時的なものでなく長期的な傾向であり、大きな社会問題だと広く認識されたのだ。高齢化率も上昇をつづけ、その結果、ひとり暮らし高齢者の比率もかなり高くなっていた。子育てのみならず、高齢者の介護を家族にまかせておけないという論議が高まっていた。しかし家族が出来ないのならば福祉か、というとそうはいかない。当時から「福祉国家の危機」が言われていて、税を財源とした社会福祉で高齢者介護を進めることは不可能に近かった。また国民もそれを望まなかった（福祉のお世話にはなりたくない云々）。一九九〇年代には厚生省内部で「高齢者介護・自立支援システム研究会」が高齢者介護の問題を、税を財源とする社会福祉ではなく、保険料を中心とした社会保険として制度化していく方向性を提言していた。こうした時代状況と問題共有して同じ方向を向いていたのが「住民参加型在宅福祉活動」とよばれる地域のボランティア団体などによるホームヘルプ活動であった。これは国の貧困対策の一環として行われる「老人福祉」制度としての高齢者介護や生活支援ではなかった。ごく普通のひとり暮らし高齢者などの生活支援や介護ニーズにボランティア的に関わっていきたいという地域の主婦層などが自発的にはじめた互助活動であった。ボランティア団体だけでなく、生協、農協、社会福祉協議会、自治体の支援を受けた福祉公社なども、類似の活動を始めていた。

これは「ボランティア活動をする」ことが目的ではなく、「ひとり暮らし高齢者などの生活支援を行う」ためのものだったので、はやくから事務局体制の整備、支援者の確保と拡大、そして利用者と支援者とのマッチングやコーディネートなどが喫緊の課題となっていた。生協などを中心として、地域の主婦層の「仕事づくり」もメインテーマのひとつだった（ワーカーズ・コレクティブ等）。こうした団体の試行錯誤や工夫の中から生まれてきたのが、やがて「有償ボランティア」というかたちに結実していくことになったのだ。

そこから時間貯蓄やボランティア点数預託など「地域通貨」的な工夫や実践もうまれた。また利用者も支援者もともに会員となって事務局経費を捻出しようとする互助会員制など、多くのバリエーションが生まれた。それが現在の「有償ボランティア」や「ボランティアポイント」につながるわけである。つまり、「ボランティア」の中から「有償ボランティア」が生まれてきたのではなく、住民参加型在宅福祉活動のような支援団体の中から「有償ボランティア」という工夫が生まれてきたのだ。この経緯の中にある「ねじれ」も「有償ボランティア」批判の理由のひとつである。

福祉とボランティア――二つの焦点をもつ楕円

これは日本の福祉が次第に変容しつつあった時代に、「ボランティア」の活動も、「福祉」内部から外部へと広がりはじめていたということだろう。少子化や小家族化、高齢化などの進行とともに、「福祉」の範囲や意味内容も変容しつつあった。「福祉」の変容と「有償ボランティア」という言葉の誕生は相関していたのだ。ここは重要なポイントだ。

日本語の「ボランティア」という語彙の中には、慈善や奉仕など宗教的な使命感に導かれて社会福祉活動を行うという含意が含まれていたと考えられる。(3) 早瀬も紹介しているセツルメント活動は、ボランティアが貧困地帯に住み込んで（セツラーとなって）貧しい人たちと生活を共有しながら問題の解決にあたる、というものだ。しかし一九八〇年代の住民参加型の人たちが感じていた地域の課題は、どちらかといえば、このような貧困と福祉の対象者ではなかった。ごく普通の生活者であるがゆえに、福祉の対象にはならない人たちだった。たとえば近隣のひとり暮らし高齢者などを、周囲の人たちが「たすけあい活動」として支えていくには――そういう課題へとシフトしていたのだ。

この時代にあって、「福祉活動」はその意味をかえ、それとともに「ボランティア」という言葉と、もういちど、異なった出会い方をしたのだ。[4] あたかも二つの円が重なっていって二つの焦点をもつ楕円になったかのように。

福祉と福祉でないもの、そして福祉を超えていくもの

福祉の対象者でないが、支援を必要とする地域のひとり暮らし高齢者などを、どう支援するか。

三つの方法が考えられる。第一が税を財源とする公的な社会福祉のカバー領域を拡張していく方法である。第二が市場原理に委ねることである。市場でサービス購入することによって生活支援を得るというのは、たとえば家政婦紹介所が行っているような生活支援である。[5] 第三が民による共助である。たとえば「ふれあい・たすけあい活動」などのボラン

ティア団体による支援である。第三の場合、財源がないから、上述してきたような様々な工夫、とりわけ「有償ボランティア」のような工夫が必要になる。それゆえ雇用なのかボランティアなのか両者の中間なのか、位置づけが困難な活動も生まれてきた。

厚生労働省の選択した戦略は、そのどれでもなく、税もまじえた独自の社会保険としての「公的介護保険システム」(6)であった。どの方向にせよ、無償をベースにしたシステムではなく、税か利用料か社会保険か、という選択肢に収斂していくものだった。無償のボランティア活動で、急激に進んでいく高齢社会を支えていくことができると考えた人はいなかった。

その中から現れてきたのが税でも市場原理でもない「市民福祉」を望む声だった。都市

(3) 糸賀和雄の『福祉の思想』、『この子らを世の光に』など、枚挙にいとまがない。

(4) 「住民参加型在宅福祉サービス活動」という言葉は象徴的だ。コトバの上では福祉なのかサービス(非福祉)なのか、ボランティアなのかそうでないのかはっきりしない。多様な意味を含みこんだ言葉世界が生まれ始めていたのだ。

(5) 現在は「公益社団法人・日本看護家政紹介事業協会」となって活動している。

(6) そもそも「介護」という言葉は、あとになって生まれてきたもので、厚労省の計画も、当初は社会的入院などによる老人医療費の抑制も視野にいれた「寝たきり老人ゼロ作戦」の一環でもあった。住民参加型在宅福祉サービス活動のほうも「ホームヘルプサービス」とか「暮らしの助けあい」、「ひとり暮らし高齢者への訪問支援」等と言っていた。

部を中心に、主婦層が、それまでの生協活動などで、消費者としての主体性に目覚めはじめていたからである。

たとえば首都圏を中心とした「生活クラブ生協」に集う人たちは、「ボランティア活動」を目指していたわけではなかった。消費者としてめざめ、食の安全に意識的になり、有機農業や産直運動にコミットし、環境問題に関わり（洗剤でない石けんを使う運動など）、ついで地域づくりや「ふれあい・たすけあい活動」などを通じたコミュニティ形成を目指していた人たちなのだ。(7)

こう考えてくると、すでに「ボランティア」という言葉からはみ出していたのだ。生活クラブ生協に集う人たちがめざしていたのは、男性中心社会への異議申し立て（フェミニズム運動との共鳴）、伝統的な地域支配の団体への反発（町内会・自治会を牛耳る地域ボス政治への抵抗）、そして消費者としての主体性の確立と新たな社会的な公正なのだった。その意味で、消費者運動であり女性運動でもある市民運動だったのだ。その中に「ボランティア」がたくさん存在していたことは間違いないとしても。

「反ボランティア」――依存とパターナリズムからの脱出

「ボランティア」という言葉は、行動を行う当人の意識に準拠した見方であろう。「ボランティア」本人の意識としての無償性、倫理性、道徳性、社会性……それらはボランティアからの見方なのだ。

「ボランティア」から働きかけられる対象の人たち、ボランティア活動を受け取る人たちなど、ボランティアと関わる人たちがどう思うのか、どう感じるのか、どう評価するのか。そうしたことはほとんど考慮されていない。

ところが「ボランティア」から支援を受ける人たちが、にわかに自己主張をはじめた。ボランティアの対象者が主体性を発揮してきたのである。その劇的な例が「障害者の自立生活運動」である。障害者の中でも常時、介護や支援を必要とする受動の立場におかれている人たちが、親や家族やボランティアの「支配」に反抗して自立を求めた。その矛先は「ボランティア」へも鋭く向かった。早瀬の本の中で「ボランティアの犬たち」という激烈な詩が紹介されている。この詩を書いた人の立場になってみよう。「ボランティア」は本人にとっては主体的で自発的であるかもしれないが、そのことが結果的に、ボランティアに依存せざるを得ない人たち（障害者）を暗黙の内に支配することになる。「ボランティア」は自発的な慈善行為であるがゆえに、無意識的なパターナリズム（上から目線のやって

(7) 社会学でいえば佐藤慶幸らの「生活クラブ生協論」などがそれにあたる。佐藤慶幸（編著）、一九八八、『女性たちの生活ネットワーク―生活クラブに集う人々』（文眞堂）や同じく、佐藤慶幸、一九九六、『女性と協同組合の社会学―生活クラブからのメッセージ』（文眞堂）など。

あげている感）が強く現れ、抑圧的に作用する。「無償」であるがゆえに、批判や改善要求を受け入れにくい。そして「自発的」であるがゆえに、活動の頻度や時間も、時にボランティアの恣意に左右されることになる。障害者の生活が、ボランティアの都合や気まぐれに左右されることになる。まるで早瀬があげるボランティアの長所が、すべて短所へと逆転してしまったかのようだ。日々の生活が、ボランティアのせいで、このような不安定な状況におかれているとしたら、それは耐えがたいものになるであろう。しかもそれは生死に直結するかもしれない。自立生活運動の人たちの気持ちが爆発したのが「ボランティア拒否宣言」（早瀬、前掲書八九頁）だ。

「ボランティア」の拒否か、「有償ボランティア」か

早瀬は「額の多少はともかく謝礼を支払えば、雇用主や消費者（顧客）という立場になることもできます」と説明しているが、本当に目指されているのは、消費者（顧客）というような中間的なものではないだろう。上述した事例では、ボランティアが主役のサービス提供から、障害者自身が主役となるサービスへの大転換が求められているのだ。障害者の自立生活運動では、ボランティアという他者の善意に依存することから脱して、障害者自身が主体（雇用主）となることが目指された。

では、住民参加型在宅福祉活動のような、ひとり暮らし高齢者への生活支援の場合には、どうだったのか。重度障害者の場合のようにボランティアが来る・来ないで生命がただちに脅かされるようなものではなかったようだ。したがって「ボランティアの拒否」はほとんど報告されていない。しかし根底には、多くの共通性があったと考えられる[8]。

こうみてくると、「有償ボランティア」は矛盾と必要の中から編み出されてきた工夫であり、現実との妥協の産物として生まれてきたものであることが分かる。

そのことはみんなが気づいていたことである。だから「この「有償ボランティア」という表現をめぐっては、言葉が登場した当初から厳しい意見対立がありました」（早瀬、前掲書五二頁）ということになる。

「ボランティア」と資本主義

さらにその先まで社会学的に考えてみたい。「ボランティア」は資本主義的な「労働」への潜在的な異議申し立てなのではないか、と。資本主義世界で「労働」とは、賃労働で

（8）上野千鶴子は、高齢者介護における権利意識や権利擁護の弱さについて、何度も批判的に言及している。『ケアの社会学』参照。

あり市場で売買される商品だ。ところが「ボランティア」は無償であること、自発的であることを強調する。それは潜在的に「労働」を批判する含意をもっている。「ボランティアであること」は、資本主義的な論理を本質的なところで批判していると考えられる。もし「ボランティア」が拡大していけば、賃労働という仕組みは脅威にさらされる。資本主義は機能不全に陥る。だから資本家も労働者も労働組合も、政府や行政も、本当のところ「ボランティア」の論理を肯定できないはずだ。それは現在の社会システムや経済システムの根元を揺るがせる。労働者にとって唯一の資本、それが「労働力」なのに、それを無価値化あるいは脱価値化する可能性をもっているからだ。理論的に考えれば、そう言えるはずだ。

同様に、非営利組織も「営利」を批判していると考えられる。だとしたら、会社や企業という資本主義の中心となる構成要素を根底から揺るがすものだ。資本主義は、労働力と資本と営利企業とが市場で組み合わさって機能する。もちろん利潤を目指しているから機能するのだ。「ボランティア」は労働を批判する。ＮＰＯは企業・会社組織を批判する。だとしたら「ボランティアとＮＰＯ」は、資本主義の中心部をラディカルに批判する論理をもっていることになる……。こう述べると、なんだかジョークのように聞こえるだろう。でも社会学を学んだ者なら、そう考えて当然なのだ。

しかし、もちろん、そうはならない。本気でそう考える人はどこにもいないのだ。ボランティアが、市場や労働や資本主義をひっくり返すなどということはありえない。誰もが安心してそう信じている――だがこれも考えてみれば不思議な話だ。なぜ企業も労働組合も、国や行政も、みんなそろって「ボランティア」を安心して歓迎できるのか。なぜ「ボランティア」が、資本主義的な社会システムや社会秩序を転覆させるかもしれないという危険を感じないのか。どうして安心して肯定できるのか。

一般的な見解によれば、ボランティアやNPOは政府のできないところを補う存在、市場では供給できないサービスを提供する仕組みだからだ。つまり資本主義を補完する安全装置だからだ。また、ボランティア活動は人びとに「やりがい」や「居場所」や「社会参加」の機会を提供する。つまり社会を不安定にするのではなく、社会を安定させる機能を果たしていることになる（レスター・サラモンの理論をはじめ、ボランティアとNPOに関する理論は、ほとんどがそういう説明を行っている）。

私は前著『超高齢社会の乗り越え方』で、あえてこの問題を正反対から考えてみた。すると「ボランティア」や「非営利」という考え方は、近代資本主義とほぼ同時期に、同じような社会的・文化的・宗教的背景を母胎にして生まれ育ってきた「きょうだい」のようなものだということがみえてきた。だから一時的には対立することはあっても、根本的に相容れなかったり、敵対することはないのだ、と。(9)

「ボランティア」の無償性の議論は、現在の社会システムが営利と有償性を基盤にできあがっていることを否定するものではない。早瀬も書いているとおり、Non Profit Organizationの「ノン」は、「営利」の否定や破壊ではない。「違う」と言っているだけである。どこかに違うあり方がありうるはずだ。そのあり方を実践的に模索しているのが、ボランティアやNPOである。どこかに最終目的地があるわけではない。「営利」や有償が基本であることは認めつつ、それとは違うあり方があると信じて、それを実践してみせているのだ。それがなぜ可能なのか。思うに、近代資本主義と「ボランティア」やNPOとは、同じ家族の中で育ってきた「きょうだい」のようなものだからではないか。一見したところ対立する思想に思えるのだが、そうではない。じつはルーツでつながっているのだ。

「有償ボランティア」——二つの見方への分裂

「有償ボランティア」という表現にはたしかに矛盾するものがある。しかし、それは理解が足りないからではない。「ボランティア」の立場も、「有償ボランティア」の立場も、どちらも抜き差しならない現実の中から生まれてきたからだ。

私たちは様々な介護系NPOのリーダーの方々へオンライン・インタビューを行ってきた。この方々は、推進側なので当然かもしれないが、「有償ボランティア」を肯定し、さらに推進したいという意見が強い。

ここで、立ち止まって考えてみたいと思うのだ。「有償ボランティア」の評価がこんなにも異なるのはなぜなのか。「有償ボランティア」を肯定する論理には、大きくわけて二つあるように思う。

第一は、「ボランティア」を、広義の働き方の一種だとする見方である。この立場は、もっぱら組織や団体の運営者、行政や企業などに多く見られる見方だ。ボランティアを潜在的な労働力として、社会に役立ってもらいたいと見る立場である。労働力人口が減少する時代、組織の論理としては、出来るだけ多くの人がボランティアとして、その持てる力を発揮してもらいたい、出来るだけマンパワーとして活躍してもらいたい……この立場からは、当然、「有償ボランティア」やボランティアポイントなど、様々なインセンティブや工夫を通じて、ボランティアの参画促進をはかりたい、という意見になるだろう。これは早瀬が批判している見方だ。

でも、それだけではない。もう一つある。介護系ＮＰＯリーダーたちは、どう見ているか。この人たちも功利的な見方で有償ボランティアを考えているのだろうか。そうではない。ここが重要なポイントだが、私が考えるに介護系ＮＰＯリーダー「も」ボランティア

（9）このことを最初に考えたのは、『超高齢社会の乗り越え方』におさめた「グローバル資本主義の中の非営利」においてである。

だからだ。かつてそうだったというだけではない、現在も意識の上ではそうなのだ。NPO法人の代表や理事長になったあとも意識の上では「ボランティア」なのである。NPOリーダーの語りの特徴は、ボランティアがボランティア同志を見つめるように「有償ボランティア」を語っていることだ。利用・活用する対象としてのボランティアではない。ある意味でボランティア同志の対等な立場から、有償ボランティアのことを考えている。自分だったらどうするか、ボランティアにとってベターなのはどちらか、という観点から「有償ボランティア」を考えている。いわば「ボランティア目線」での「有償ボランティア」論なのである。[10] これは重要な点ではないだろうか。

だとすると、「有償ボランティア」をめぐっては、外から見る視点と、内から見る視点とが交錯して、評価が真っ二つに分かれていることになる。

「有償ボランティア」――「労働」に対抗する「仕事」

ここでボランティアと有償ボランティアを分裂して対立するものと考えても生産的でないし前へ進むこともできない。こう考えてみたい。

ハンナ・アーレントの「労働・仕事・活動」の概念を応用してみるのだ。そうすると、ボランティアも有償ボランティアも、新たな位置づけが得られるように思うのだ。どういうことか。

「有償ボランティア」批判の論点は、本来は無償であるべき、つまり「労働」ではない活動を、劣化した「労働」のような世界へ引きずり込んでしまう、というところにあった。有償と無償とが混ざると、必ず有償が無償を駆逐してしまう。市場は道徳を締め出す、という行動経済学の知見にもとづいた正当な意見だと思う。しかし、市場の中で有償と無償とが混じっているのとは違う場面で、この両者の出会いが起こっているとしたら、どうか。市場の中では有償が勝利する。しかし市場の外では無償のほうが勝利している（無償のほうが道徳的に高い価値をもつ行動と誰もが認めている）のだ。ここに新たな解釈の可能性がある。つまり、すべてが市場価値で測られる世界の中を、変えていく可能性である。もちろん、可能性の話である。しかし、劣化した「労働」に引きずり込むベクトルが必ずしも常に勝利するとは限らない。ある条件のもとで、たとえば介護系ＮＰＯの良質な部分で起こったことは、アーレントのいう「労働」でない「仕事」への道筋が、「有償ボランティア」という形をとって現れる可能性である。「労働」が必要なことは認めた上で、す

(10) 介護系ＮＰＯリーダーの「有償ボランティア」観は、理屈としては十分整理されたものではないかもしれない。いささか美化されているかもしれない。しかし理屈をこえた実感にもとづくボランティア論である。

べてが「労働」である必要は、必ずしもない。むしろ「労働」の中から、アーレントのいう「仕事」が生まれてくる可能性はあるだろう。介護系NPOが目指すのが、最終的には「仕事」や「活動」の世界であるとしたら（もちろん理念型や理論モデルの話である）、「有償ボランティア」は、「労働」から「仕事」への転換期のモデルのひとつと考えることができるのではないか。「仕事」という概念は、アーレントの考察をはさまないと一般的には労働と同義語だと思われている。だから、普通に考えたら、「有償ボランティア」は労働の一種ではないかと思われてしまうのだ。しかしアーレントのいう「仕事」には、芸術での作品づくり、理想をめざした政治などギリシアの市民の活動――つまり「やりがい」や「生きがい」のほうにむしろ近いものなのだ。だとすれば、「労働」ではない「仕事」をめざしている、もしくは、そのような含意を含むものが「有償ボランティア」という言葉の中に含まれている、そう考えることが可能ではないか。

ボランティアと有償ボランティアのその先へ

ボランティアや有償ボランティアには、「労働」に対抗する「仕事」へのベクトルがある、そう述べてきた。まだ一般的な見方ではない。理論的な可能性のレベルかもしれない。しかし、現在の対立図式を乗り越えることのできる第三の見方になるのではなかろうか。

ボランティアによる「仕事」は、さらにその先の「非営利」の「活動」へ、というベクトルの中にも位置づけられるのではないか。少なくとも、仕事の世界を労働の世界へと逆行させる見方ではない別の視野が開けるのではないだろうか。

5　終焉の先の弁証法——ボランティアにとってＮＰＯとは何か

ボランティアとＮＰＯは、どういう関係にあるのだろう。ボランティアが集まってグループをつくり、やがて法人格を取得するとＮＰＯになる、一般的にはそう考えられている。でもそうばかりとは言えない。ボランティアがＮＰＯを作るだけではない。むしろ近年目立ってきているのは、医療法人や企業がＮＰＯ法人を作って、そこでボランティアを募集するという方式だ。外から見れば、ボランティアが活動しやすいのは、ＮＰＯ法人だと思えるからだろう。でも、そこではボランティアは「ボランティアさん」としてお客様扱いとなる。またボランティアは、近年では「募集」されるものになりつつある。活動の場所があって、活動プログラムがあって、そこで活動していただく——そういう入れ物として考えられるＮＰＯ法人も少なくない。すると、どうしたらボランティアを募集しやすくなるか、潜在的なボランティアをどう探すか、インセンティブ論や、ボランティア・マイニング（発掘）や、コーディネート論やマネジメント論がたくさん生まれてくる。悪いことではないのだろうが、どこか受け身のボランティア論になりがちだ。

山岡義典の議論を紹介するところ（本書一三五頁）で、もういちど詳しく述べるが、特定非営利活動促進法（NPO法）はボランティア界隈から湧き起こってきた市民の声が議員立法として結実したという流れがあったので、ボランティアを支援するための組織、ボランティア団体の発展型、という見方が強かった（私自身もこれまでそう論じてきた）。しかしそう単純には言えない。こうした見方は、つい「NPOにとってボランティアとは何か」という視点から論じることになりがちだからだ。

ボランティアのパラドクスを解決する（かのように見える）このようなNPOへの展開の見方を、経営論的な「転回」であるとして批判的に考察した仁平典宏の議論を読んでからは、その問いをどう受け止めたらよいのかを考えてきた。「ボランティアにとってNPOとは何か」を仁平は問うているからだ。

「ボランティアにとってNPOとは何か」と「NPOにとってボランティアとは何か」は対になる問いだが、かんたんには解けない。ボランティアは「自由な個人になること」を目指すものである。あくまでも個人である。NPOは「営利から自由になる」ことを目指す「組織」である。個人ではない。このレベルの違いは簡単には解けないのだ。「自由な個人が自由な組織を作れるか」、このパラドクシカルな問いが必ずやってくる。組織は個人ではできないことをするための仕組なのだから、個人の自由とは対立する局面が起こってくるだろう。

ここから分かることは何か。ボランティアやNPOを、ひとつの形式化された仕組みとして考えると、必ず「正解なし」になるということだ。どちらかが、いや、どちらも譲り合って協力しよう、というのが優等生的な答えということになるが、はたしてそれで「ボランティアの充満と終焉」という仁平の問題提起に答えたことになるのか。ここにはまだ解かれていない、解くことが可能なのかどうかも分からない、しかし重要な問いがあるように思う。

ボランティアを論じること

「ボランティア」を論じることは、易しそうで易しくない、論じれば論じるほど分からなくなる。迷宮の中に入っていくようで、ボランティアは、論じることが難しいテーマなのだ。なぜか。

論じるよりも行動することがテーマだからである。論じる前に行動がある。論じるのはそのあとからだ。だから、すでに行われたことをあれこれ論じるのだが、だいたいは紹介になってしまう。そもそもどこからがボランティアで、どこから先はボランティアではなくなるのか。線引きや定義は難しい。すでにおびただしい数の論者や論文があるが、その大半は為されたことの事実を確認し、その意味や効果を考察している。ところがひとたびボランティア行為の中に分け入ってみると、そこは深い森のようで遠くは見えない、見晴らしもきかない。目の前の具体的な行動は確認できるが、そこから先、何を見て、何を考えたらいいのか途方にくれる。いったい何をめざして論じたらいいのか——善き人たちがいて、善き活動があるとしたら、それ以上、何を論じたらよいというのか。

〈ボランティア〉の誕生と終焉?

ボランティアとは定義上、個人が自発的・内発的な意思で他者や社会に関わる行為だから、社会学的な主題なのだが、あまりにど真ん中すぎて、かえって手ごわい。誰でもかんたんに論じることが出来る（ように思えてしまう）が、すぐにそう簡単ではないと気づかされる。どこに本当の困難があるのか、それすら見えないからだ。どこからどうアプローチしたらよいのか。よほどの工夫や戦略がないと意味ある論述は難しい。その中にあって、独特な方法でこのテーマにアプローチしたのが仁平典宏『〈ボランティア〉の誕生と終焉』（二〇一一）である。仁平はボランティアをどう論じているか。そして何が課題として残されたのか。

仁平は「ボランティア」そのものについては語らない、論じない——そういう論じ方をとる。工夫に工夫を重ねた戦略である。どうしてこういう論じ方なのか。「ボランティア」は自発的な個人で多様だが、煎じ詰めれば、意識であり、行動である。それはつねに変化していて、何かを捕まえたと思っても次の瞬間には変容していて、するりと抜け出していく。だから「ボランティア」そのものは対象としないのだ。むしろ「ボランティア」が「社会」の中でどう語られているかに焦点をあてる。何がどう論じられているかに注目する。多様な個人の様々な行動を、「社会」の側がどう観測して、どう意味づけているか。その「社会」の反応や対応の中に、「ボランティア」の意味論（「社会」がボランティアを時代の中でどう位置づけ、どう意味づけているか）を発見していく。個々人がどう考えてどう行動しているかではなく、「社会」がそれをどう受け取っているかが第一に研究対象である。ついで受け取る側の「社会」の反応と、反応への反応というボランティアの受け止めを「語り」として観測して、そこに「ボランティア」の知識社会学を浮かび上がらせる。(1)「ボランティア」そのものではなく、「ボランティアについての語り」を考えること――これは考えぬかれたすぐれた戦略である。

贈与のパラドックス

では、この方法で何が浮かび上がってくるのか――それは「贈与のパラドックス」だという。ボランティアについての語りから抽出されるダイナミズム、そのはじめは「慈善や善行」であり、他者への贈与の行動である。無償で隣人や困っている人を助けるという利他的な行為。それは「宛先のある行動」だから、贈与としての行為である。しかしこの「贈与」はやがて分裂して両義的なものになる。受け取る側が、そんなものは要らない、と言い始めるのだ。たしかに、一方的な贈与には、無意識的な（あるいは意識的な）パターナリズム（上から目線の押しつけや教化）が張り付いている。可哀想な他者への「あわれみ」の感情が伏在している。そう見られてもおかしくない場面は多々あるだろう。

そこで「あわれみはいらない」という被贈与者からの反撃が生まれる。受け取る側のニーズや気持ちを考慮しない一方的な贈与に対して「ボランティア拒否宣言」が炸裂する。[2]こうして宛先を失ったボランティア活動は、どこに向かうか。この宛先を求めて右往左往

（1）取り上げられているのは「ボランティア」の語りでなく「社会」の語りではないではないか、との反論もあろう。しかし、「語り」となった時点で、すでにそれは「社会」へ向けられたメッセージになっている。つまり「社会」がどう受け止めるかを考慮しながら自分の発言としている。その意味で「ボランティアの語り」とはすでに「社会」を意識している。そして「社会」が何を求めていて、「社会」がどう理解するか、どう意味づけしていくかを念入りに考慮しながら、自分の行動とその意味を意味づけている。つまりこれはG. H. Meadのいう「Iとme」の社会心理学にそっくりな構造をしている。「ボランティア」は決して孤立した小部屋の中にいるのではない。

（2）早瀬昇が紹介している「ボランティアの犬たち」への「拒絶宣言」は、そのもっとも劇的な主張である。二四時間介護の必要な障がい者にとって、ボランティアはきまぐれで当てにならない存在である。

するさまを語りや文献から歴史的に考証したことは仁平の著書の大きな功績である。それは慈善や社会奉仕をへて、セツルメントや教育となり、戦争時には滅私奉公ともなった。戦後になると、社会の民主化や社会福祉へと展開する。このあたりまでは、他者への、そして社会への利他的な贈与の枠組みで理解される行動である。その後、贈与のパラドックスをへて、ボランティアとは他人のためではなく、自分のための行動ではないかという「自己効用論的転回」が訪れる。これまでは他者への贈与だったものが、他者への贈与と理解せずとも、自分のためのものという理解があらわれる。たとえ必要とする他者がいなくても、それを必要とする自分がいるではないか。そう、自分こそそれを必要としている。いわば自己への贈与、自己教育論的な意味づけがでてくる。しかもこれは交代しながら前者が後者を駆逐するようなゼロサム的に展開するのではない。むしろ多元的に広がっていく。贈与のボランティアも存在すれば、社会奉仕のボランティアも存在し、自分のための自己効用のボランティアや、教育としてのボランティア振興、社会福祉の世界でのボランティアなど、多種多様な展開を見せていく。それは「ボランティアの充満」ともいうべき状況だ。

ボランティアの充満と終焉

充満のあと突然のように終焉がやってくる。「ボランティアの充満と終焉」という、意想外のそしてたいへん論争喚起的なテーマは、われわれに大きな驚きと考察の示唆を与える。ボランティアは膨らみ拡大し充満したとたん、終焉するというのだ。ここは大切な論点なので、すこしていねいに見ていこう。

まず、「互酬性」の論理が重要である。一方的な贈与だと考えるから贈与のパラドックスが生じたのだ。贈与ではなく互酬と考えたらどうか。これこそ「一九九〇年代以降のボランティア論でもっとも参照された概念」だという。この互酬性という概念はなぜ充満することになったのか。仁平によれば、それは誰も攻撃しない、だれも排除しない、だれとも融和する、だれにとっても都合のよい考えであったからだ。困った時はお互い様、という考え方は日本古来の共同体倫理であって、あえてボランティアというまでもないのだが、それゆえ普及し充満していく。共同体の中だけでなく、その外にも適用される行動原理――それが「奉仕」や「教育」よりも広い意味づけ方であることは容易に理解できるだろう。

すると次のようなことが起こる。ボランティアが存在することは、そこにマイナスが存在する、解決すべき何かが存在するということだ。問題があるのに、それを政府行政や社会が解決できないから、ボランティアが出現した――そう考えられた。ところが互酬だとすればどうなるか。そこには誰の非もない。誰も悪くない、誰の責任でもない。お互い様として助けあうのが自然な行為だ。困っているときにはお互い様だ、そういう誰も批判しないボランティア論となる。こうなれば、政府行政も社会の側も、安心してボランティアを受け入れ、称揚することができる。問題のないところに、さらに良くしてくれる自発的で善意の人たちが現れるとは。しかもほとんど無償で活動してくれるとは、なんと素晴らしいことだろう。民主党政権での「新しい公共」や現在の自民党政府の「自助・共助・公助」の役割分担の考え方などの根底にあるのは、このようなボランティア観ではないだろうか。互酬性と考えれば、そこには批判や非難は発生しないし責任の追及もない。ボランティアによってハッピーエンドが完成する。つまり仁平のいう「終焉」とは、ボランティアがその初発時点でもっていた社会への問題提起という「何か」を失っていくという意味だったのだ。この論旨を押さえたうえで、ボランティアの終焉と経営論的転回の意味を理解する必要がある。

NPOへの経営論的転回

仁平はその大著の終章を印象的なエピソードから始めている。アフリカ系イギリス人の描いた「博愛主義者の談話室」という絵画についての考察である。それは植民地のアフリカで慈善事業をしている英国人フィランソロピストの典雅な談話室を描いた絵画だ。美しい部屋だが、そのインテリアはすべてアフリカの布でできている。徹底的な搾取をつうじて作られた美しい部屋で、アフリカへの慈善事業をするという偽善的な行為が、この絵画には潜在している。普通、そうは見えない。しかしそう批判的に見ることによって（作者がアフリカ系イギリス人であることに留意せよ）、この絵画は完成するのだ、という。まるでボランティアの充満以降のボランティアが、だれとも協力し、政府行政や企業とも「協働」し、誰の責任も問わず、誰も批判せず、ただボランティアとして「協働」している姿を思わせる……しかしそれは「終焉の風景」でもある……。

これは抑えた筆致ながら、見事な問題提起である。そしてそう書いてはいないが、非営利組織にも、まったく同じ問題が、同じ形で反復されているのではないか、そう問うているのである。ボランティアのパラドックスは少しも解決されないまま非営利組織やＮＰＯへと先送りされた、と。

さて、この問題提起に、どう答えることができるだろうか。

その前に、仁平の論点を終わりまで見ていこう。「ボランティア」が充満したあと終焉するとどういうことが起こるのか。まず「企業と市民社会の邂逅」がおこったという。そしてあらたな不分明地帯が浮かび上がってくる。企業の社会貢献、フィランスロピー、経団連の一％クラブなどの例が引かれて、交換でなく贈与でもない領域が開かれたという。新たな不分明地帯と言われるゆえんである。

ついで、NPOが現れる。市民が経営主体になる新たな団体である。ここではいよいよ「ボランティア」の語すら廃棄されはじめる。「これからのボランティアはこれまでの「ボランティア」ではない」という宣言である。厚労省の専門官として介護保険を担当した栃本一三郎の整理を踏まえると、官民共同して介護保険の実施にあたるとなると、「ボランティア」という概念はいろいろな制約や制限がついてきて使いにくいものとなる。だからいっそボランティアという言葉の意味転換をしてしまえ、ということでボランティアの新たな定義を導入しようとする。「有償ボランティア」などもそのひとつなのかもしれない。でもまだ「ボランティア」という含意を引きずっているから何かと論争をよぶ。

そこで非営利組織という言葉が活用されるのだ。NPO（特定非営利活動法人）という言葉は、「ボランティア」という言葉以上に、「有償／無償」という区別を無効化できる。それゆえ、介護保険事業などへの「高い適用可能性を有している」と仁平は論じている。有償や無償の区別をつけはじめるとややこしい問題を起こしてしまう領域へも、ボランティアではなくNPOなら応用可能性が高まるというのだ。また同じく厚労省の橋口正昇氏は「これからのボランティアはかつてのボランティアではなくNPOなのだ」という解釈を示してすらいる。

これは一見したところ「前向き」に取り組んでいこうとする政府行政の姿勢のように見える。しかしよく考えてみると問題の「解決」ではなく、問題の移し替えであり、問題は問題ではなかったことにしよう、という問題の無効化ではないか、そう仁平は主張しているようだ。仁平の論理からすれば当然の結論だと言えよう。でも問題はもとに戻ってしまうのではないか。贈与のパラドックスという問題は永劫回帰のような軌跡をぐるぐる回るだけなのか。

ＮＰＯを持ってくると、ボランティアをめぐる神学論（有償／無償、贈与その他の問題）は回避できる。でもそれは解決ではなく回避ではないか。その先にどんな「解」があるのか。「解」はないという「解」にならないか。

シニシズムをくぐり抜ける？

こう考えてくると、いささかシニカルな見方の中に投げ込まれる。仁平もそれは意識していて、最終節は「シニシズムをくぐり抜ける」と題されている。短い終節だが、「くぐり抜ける」という表現に、苦心のあとが刻み込まれている。この見方でボランティアとＮＰＯを考えていくと、シニシズムを回避することはできないと覚悟されているようなのだ。どのようにしても「贈与のパラドックス」は避けがたい。仁平の理論的な立場からすれば、パラドックスを回避したり、「なかったことにしよう」というわけにはいかないのだ。しかしパラドックスに押し潰されて、ボランティアを諦めては元も子もない。けれども、回避したり、なかったことにはしない。そうなるとパラドックスと向き合い、それを引き受け、それに屈せず、しかも解決するのではなく、「くぐり抜ける」しかないのだ……。

仁平の大著のたどりついた結論はこれだった。たいへんな力業である。それはとてつもなく困難な道にも思えるのだが、この試練に向かい合い、耐えながら、くぐり抜けることは出来るだろうか。そしてくぐり抜けた先には、どのような風景が待っているのだろうか。

6　日本の「非営利」はどこへ向かうか

特定非営利活動促進法（一九九八）にはじまり公益法人制度改革関連三法（二〇〇六）、社会福祉法人制度改革（二〇一六）と立て続けに非営利法人に関する法制度の新設や改正や改革が進んだ。(1) そこで議論され目指されていたものは何だったのだろうか。何のための改革だったのか、何をめざした改革だったのか。逆説的ながら、まるで変革が起こらないようにするための改革だったようではないか。

「公共」のために「非営利」で活動することを官が警戒し、規制するために作られた明治民法の公益法人制度を現代的にアレンジしなおしたのではないか。そもそも、公共や公益とは何か、誰が定義できるだろうか。人の数だけ公益はある、公共の福祉も立場や考え方によって様々だ。そこで、あえて定義せず、認可の過程で政府行政に益するものを選ん

(1) 早瀬昇（二〇一八）の第七章や第一〇章がこの間の経緯をコンパクトにまとめている。特定非営利活動促進法（NPO法）の成立過程については山岡義典（一九九九）が詳しい。

で認可してきた（と言われている）。それではさすがに第二行政団体を作っていくようで現代にそぐわない。そこで新たに法律が作られたり制度が改革されたりすることになった。でも何が公益なのか、公共の福祉とはどういうことか、誰にも分からないままだ。そこに「公益や公共の福祉とは何か……政府行政のいう公益や公共の福祉はあてにならないから、自分たちで行動して、自分たちの力で作り出していこう」という斬新な発想が生まれた。阪神・淡路大震災の経験から生まれたボランティア団体やＮＰＯがそれである。

阪神・淡路大震災から二五年以上がたつ。グローバル資本主義が世界を席巻して格差社会が叫ばれる中、新しい社会的な分断が進み、社会包摂の必要性も言われる。核家族化と小家族化が進行し、限界集落や地方消滅が危惧され、都市部では無縁社会化が進み、超少子高齢社会と言われる現在、非営利法人の役割はますます大きくなっていくと思われる。でも様々な制度改革の中で、非営利法人の社会的な意味やその役割は論議され明確になってきただろうか。ここには不思議な空白がある。縦割り行政の中で、法的にみると様々な非営利法人が存在するが、それらを通覧して非営利セクターとみる見方が、日本にはない。コトバの上にはあるが、じっさいはそのような実態はない。あるのは個別の法人だけで、法人種別が異なると、連携や協働は困難になる。米国の非営利セクターとの大きな違いがここにある。これは偶然そうなったのか、それとも理由があるのか。おそらくあるのだろう。しかしその理由を百年以上まえの一八九六年（明治二九年）の民法による公益法人の制定にさかのぼって考察しても虚しい。むしろ直近の制度改革のあとに残された課題、そしてその先の課題について考え、いくつかの理論的な提案を行うほうが建設的ではないだろうか。

社会福祉法人制度改革をふり返る

社会福祉法が改正され社会福祉法人制度も改革された[2]。そこで課題になったことは何だったのだろうか。この改革の経緯と結果をみると、社会福祉法人に限らず、日本の非営利法人に普遍的な問題が現れていると思われる。非営利法人がどこへ向かうべきかを考えるうえで、社会福祉法人制度改革を入口に考えてみたい。

社会福祉法人制度改革は、その経緯としては、法人の内部留保金が多額であると問題視されたことからはじまり、介護保険事業等におけるイコールフッティング論が提起され、非課税の根拠が問われ、社会福祉法人の役割の新たな再定義が求められた。そして結果として法人のガバナンス強化が義務づけられることになった。現在は「改革のあとの改革」

(2) 厚労省ホームページに「社会福祉法人制度改革について」という詳しい紹介が掲載されているので詳細についてはそれを参照されたい。

として「地域における公益的な取組を実施する責務」などが論議されている。この改革の成否はおく。しかし社会福祉法人をこのまま社会福祉制度のための道具としてしまったら時代おくれでもったいないことではないだろうか。むしろ「超少子高齢社会」の様々な福祉課題や地域課題に対応できる組織へ、本格的に非営利法人の役割も果たせるような方向へ向かわせることが必要だったのではないだろうか。つまり「改革のあとの改革」では不十分で、「改革の先の改革」こそ必要なのではないだろうか。

社会福祉法人は国の責務としての社会福祉の代行者という側面と、非課税という扱いを受けている民間非営利組織という二重性をもっている。それゆえ、しばしば「ダブルバインド（二重の拘束）」を受けている組織だと言われてきた。このままだと民間でも公共でもない二重に曖昧な存在になりかねない。現状は、介護保険や社会保障もこれからどうなるか分からないと言われている難しい時代だ。社会福祉法人を「ダブルバインド」つまり「ダブルマイナス」に縛られた法人のままにしておいてよいのだろうか。むしろ二重性を「ダブルプラス」に転換していくことが必要ではないか。それには「改革の先の改革」を考えていくべきではないか。それは「制度改革＝制度いじり」という方法では実現できない。「非営利」であることの長所や可能性を活かし、促進していく方向の改革であるべきではないか。

社会福祉法人の二重性——社会福祉と非営利

社会福祉学ではなく福祉社会学の観点からみると、社会福祉法人改革で検討されたことは「社会福祉制度にとっての社会福祉法人のあり方」に限定されていたように見える。それは問題ではないだろうか。社会福祉法人という存在を、たんに社会福祉という制度のための道具のように扱っていて、これからの「超高齢社会」で必要になる非営利組織・非営利法人としてのあり方は、あまり考慮されなかったのではないだろうか。社会福祉法人という存在の独自性や可能性は、ほとんど考えられなかったのではないか。もちろん歴史的には社会福祉法人が、社会福祉の措置制度のための法律と制度によって生み出されたことは否定しようがない。しかしいつまでも政府行政のための道具のような存在として扱われているとしたら、社会福祉法人という日本独特の「非営利」法人がかわいそうだし、もったいないことだ。人間も組織も法人も同じで、自分で自由に考え、自分で自発的に動こうとしたときに、はじめて可能性も発揮されるものだからだ。

これからの社会福祉法人の役割を考えていくと、措置制度のための社会福祉法人という旧来のあり方と、これからの非営利法人や非営利組織のあり方との間に乖離が生じると考えられる。介護保険以降の社会福祉法人は、すでに二重化した存在なのだ。この「二重性」を「二つの拘束（ダブルバインド）」と考えるか、「二つの可能性」と考えるかによって、これからの視野がまるで違ってくるだろう。ダブルバインドとして考えていくと、公的な存在と、民間非営利組織としての存在との、短所が二重化してしまう。そうではなく、一つしかなかったところにもうひとつの可能性が加わったと考えてみたらどうか。よく読むと、今回の社会福祉法人制度改革の中には、二つの可能性を、ともに活かしていくべきだという提言や含意が含まれているように思う。しかし、後に論じるように、事実や実態は必ずしもそうかんたんにはいかない。この問題を、アメリカの政府行政と非営利組織の協働のあり方と、日本のそれとを比較しながら、考えてみたいと思う。

二重の拘束から二重の可能性へ

社会福祉法人は「非営利」の仕組みだから社会福祉法人になったのだろうか。それとも社会福祉のために社会福祉法人になったのだろうか。社会福祉法人という性格と、非営利法人という性格との間には、重なる部分もあるが、そうでない部分もある。二つの概念が相互に作用しあって現実の社会福祉法人を成しているのだが、両者は完全には一致していない。これが二重性の由来となる。

社会福祉法人は、その歴史的な由来をたどると複雑だが、日本の慈善事業の系譜と、米国の社会福祉事業のしくみの両面をひきついで形成された。これも二重性の由来をなしている。政府行政の役割を代行するので、非課税その他の資格も与えられている。さらに複雑なのは日本の公益法人や非営利法人とも重なりながら異なっていることである。根拠法と税制上の違い、それによって社会福祉法人は、公益法人や非営利法人と同一でないし、米国流の非営利組織とも同じではない独自の存在となっている。

措置制度の時代なら社会福祉制度のために(だけ)活動すれば良かった。ところが介護保険制度の時代に入ると、これまでの社会福祉法人の活動だけでなく、介護保険事業者という役割も果たさなくてはならなくなった。それが二重拘束(ダブルバインド)、三重拘束(トリプルバインド)の時代の社会福祉法人の困難である。

そもそも、社会福祉事業法・第二十二条によれば「社会福祉法人とは、社会福祉事業を行うことを目的として、この法律の定めるところにより設立された法人をいう」とある。そこに「非営利」であることを求める法律的な根拠はない。つまり社会福祉法人は旧社会事業法のさだめる社会福祉事業を行うための法人として、政府行政から許認可された法人であって、「非営利」であることの積極的な理念や原理があるわけではない。NPO法人や公益法人は、むしろ「非営利」であることの積極的な意義や理念をその設立の根拠や目的としており、理念が異なっている。「非営利」であることが付随的な結果である社会福祉法人と、「非営利」であることの積極的な意義をうちだすNPO法人等との違い――これらのことはすでに多くの類書で指摘されていることなのでくり返さない。問題は、それゆえに、日本では様々に根拠法を別にする非営利法人が存在して、非営利法人の間に多くの壁があり、それが連携やネットワーキングを阻んできたことである。それらのこともすでに何度も言い古されてきたことなのでくり返さない。この解決が困難であることもまた何度も言われてきた。ここでは、あまり言われてこなかった視点、米国における政府行政機関とＮＰＯ法人との協働の仕組みの「原理」的な部分から考察してみよう。

「非営利」とは何か――非営利組織の原理と理論

ここですこし迂回して考えてみよう。非営利組織とは何か、「非営利」にはどんな長所や社会福祉における役割があるのか。日本の非営利組織、公益法人、社会福祉法人などと、米国の Non Profit Organization（以後ＮＰＯと略称）は同じものなのか、違うものなのか。もし違うとしたら、なぜ違うのか。どのようなところが違うのか。

まず米国のＮＰＯは、どのような非営利組織なのだろうか。米国のＮＰＯの原理的な部分の理解は、社会福祉法人の未来を考えるにあたっても参考になると思われる。もちろん現在の法律的な組み立てからいうと、社会福祉法人に米国流の「非営利」意識を強く求めることには限界がある。

「非営利」とは何かを探求すると奥深い。米国では法人を経済活動の主体という観点からみる。そして株式会社のように利潤や利益をステークホルダー（株主）に還元することを「禁じられた」組織が非営利法人と呼ばれている。[3]

しかし考えてみると、この場合の「非営利」は経済的な観点および課税の有無の観点から操作的に定義されただけのものである。したがって米国のNPO法を日本に応用しようとすると、どうしても不具合が生じることも以前から指摘されてきた。[4]

非営利組織の「非営利」とは何か、政府行政と非営利組織が対等に協働できるための理論的・原理的な理由を考察すると、次のようになる。

「ボランティア」や「非営利」は、その原理的な部分をたどると、宗教的なルーツをもつと考えられる。一神教的な宗教世界において、神からの「呼びかけ」に応えて行動する人たちのエートス（長年の宗教教育などで意識と行動とが一体化して行われるような行動）が、信仰だけでなく、世俗の職業（ルターの天職概念が典型）へも波及していき、さらに職業以外の様々な行動までも及んでいくと、そこに「ボランティア」という概念が意味を宿らせる。その「ボランティア」たちの集団や組織が、実態をもっていくと、そこに世俗の課税

（3）日本でも法人の事業の結果にたいして「非課税」という特典をもっている団体が社会福祉法人のような「特定公益増進法人」として非営利法人の典型とされてきた。
（4）藤井郭史はじめNPO法人の定義にその社会的な意義も含めて盛り込もうとする研究者も少なくない。しかしながら社会的な意味や意義を法律的に規定することは困難であった。

を免じられたＮＰＯという組織概念がうまれる。この見方からすると、米国のＮＰＯ法人は、「教会のような協会」もしくは「教会でない協会」という性格を帯びていると見えてくる。[5] 世俗の教会をベースにした協会（アソシエーション）が、米国のＮＰＯの原型（のひとつ）であり、それゆえ非課税の団体として広範囲に認められてきたと考えられる。

このように原理から考察してみると、米国のＮＰＯやＮＰＯセクターは、日本の非営利法人や公益法人とは、原理的なところでかなり異質なのである。日本の非営利法人や公益法人は、どちらかと言えば行政組織のような制度的な組み立て方によって成立している。たいして米国の非営利組織は宗教法人の世俗型のような組み立て方をされている。行政組織のような縦割り型で形成されてきた日本の非営利法人や公益法人は、そもそも連携や協働しにくい仕組みであったと言える。

「第三者による政府」

サラモンは、米国流の社会福祉の特徴は「第三者による政府（Third Party Government）」という概念で表現できると言っている。[6] このモデルには、政府行政とＮＰＯとの協働を進めるうえでの多くの示唆があると思う。もちろん一種の「理念型」モデルであり、現実には必ずしもこのようにうまく機能しているとはいえないだろう。しかし日本にはそのモデルすらないのだ。モデルなしの現実だけでは、政府行政とNPOとの協働といっても画餅で、政府行政による非営利組織の利用・活用になってしまうのではないか。「理念型」は現実を批判的に考察してその先を考える上で大切なのだ。

ではあらためて「第三者による政府」は、いかにして可能になるのか。サラモンを参考にしながら、理論モデルとして論じてみよう。

第一に、政府もNPOも、現実の組織的な壁を括弧に入れることが必要となる。現実には違う組織である。違ったままの「協働」だと「契約」となり、一方が他方を使役する関係になりがちである。日本の政府行政とNPOとの「協働」はだいたいにおいてそうなりがちだ。しかし、サラモンのモデルの興味深いところは、そこで両者が「バーチャル（仮想的）な存在になる」というところである。協力を越える協働のためには、組織の壁を超えて「バーチャル（仮想的）な存在になる」ことが必要だというのだ。しかしそんなことが可能だろうか。

（5）パットナムのソーシャルキャピタルという概念には、そのような宗教共同体に由来する社会的な信頼という含意が含まれている。近年のパットナムの著作『アメリカの恩寵』などにはその宗教社会学的な含意がかなり濃厚に現れている。

（6）レスター M・サラモン『NPOと公共サービス—政府と民間のパートナーシップ』（江上他訳　二〇〇七年、原著は一九九五年）。「バーチャル」概念についてはサラモン（二〇一四→二〇一六）参照。

第二に、サラモンのモデルは「第三者」という概念がキーワードである。「第三者」とは何か。政府行政でもＮＰＯでもない存在だ。「社会福祉」という世界のための事業や活動を行うには「第三者」が必要だというのだ。社会福祉（Social Welfare）には多義的な意味があるが、ここでは個人を越えた社会レベルで良きことをもたらす社会行動ととらえておこう。すると、世俗でありながら世俗を超越する理念や行動という意味を帯びてくる。世俗にありながら世俗を正していくことは、いかにして可能か。「第三者」という視点が関係してくる。政府行政でもない、市場でもない、「社会」という「第三者」の視点持ったときに社会福祉での「協働」が可能になる、と考えられているのだ。

政府行政とＮＰＯとの「協働」はいかにして可能か

この困難を乗り越えることは可能なのか？

困難だが不可能ではないと考える。では、どうしたらいいのか。サラモンのいう「第三者」という概念を拡張して考えてみるのだ。政府行政やＮＰＯよりも上位に〈社会〉がある、そう考えるのだ。どういうことか。

平時と非常時という対比がある。現下のコロナ禍では「緊急事態宣言」が何度も発令され、平時ではありえなかった特別な制限や規制が行われた。それとともに全社会的に企業や法人や政府行政の「協働」が求められた。この場合に起こっていることはどんなことだろうか。平時の上に「非常事態」という一段上のレベルが可視化されたということではないだろうか。通常ありえないことをしなければならない緊急の必要が「第三者」のひとつのイメージである。通常では対等でない「二者関係」が、非常事態においては対等に協力しあうことを求められる。はからずも緊急事態においては「協働」が可能になるのだ。

これはある意味で「ショック・ドクトリン」のようでもある。地震や災害時には、超法規的な対応や行動が求められるのにも似てもいる。非常事態や緊急事態においては、通常と異なる組織対応が求められるのは、アメリカに限らず、日本でも同じだ。だから、日本でも「第三者による政府」が、災害時に起こっていると言えるのではないか。ならば、その経験を、社会福祉に活かせないはずはないのだ。社会福祉も、ある意味では、当事者にとっては緊急事態が日々起こっているようなものなのだから。

通常の業務として政府行政とＮＰＯとの「協働」を考えるから、上下関係や支配・被支配関係、使役関係、下請け関係など、消極的な組織間関係が現れてきてしまうのだ。もし本当に官民の協力や「協働」を考えるなら、緊急事態宣言イメージを拡大して官民協力や非営利組織との連携を考えるべきだろう。コロナ禍にある現在こそ、未来の「協働」のあり方を構想できる絶好の機会なのではないか。

「では、どうしたらいいのだ」――三つの提案

これまで論じてきたことから三つの提案が導けるだろう。

第一は「非営利」であることには多くの可能性があるのだから、それを規制・管理しようとしすぎないことだ。それでは「非営利」の可能性を減殺してしまう。日本政府の非営利法人制度への対応は、ダブルバインドをさらにトリプルバインドへと拘束強化しているように見える。拘束を強化するのではなく、ダブルバインドをダブルプラスへと転換していくことが必要なのではないだろうか。

第二に、営利と非営利とを混ぜてしまうと、行動経済学の知見から、市場は道徳を締め出すことが分かっている。しかし介護保険では、すでに混ぜてしまった。その結果、ＮＰＯや非営利法人が苦戦していることは述べてきた通りだ。しかし今更もとに戻して営利と非営利とを分け直すというのも非現実的だろう。次善の策として何がありうるか。介護保険でも新しい領域は様々に拡大している。たとえば、介護予防・日常生活支援総合事業など、まだ営利と非営利とが混在していない領域はたくさん残されている。こうした領域では、営利とは分離しながら非営利の長所を促進・開発していくという政策的なハンドリングが可能ではないだろうか。子育て支援もふくめて、「非営利」であることの長所を伸ばしていく政策的な提案は、いくつも可能ではないか。

第三に、コロナ禍によって「社会」が深刻な危機に直面している現在のような状況でこそ、これまで出来なかった新たな試みが可能になるのではないか。大震災や災害が起こったときに、米国では「ショック・ドクトリン」のような改革（悪しき改革）が起こった。しかし、日本ではそのようなことも起こらず旧来の手法を維持する「経路依存」の方法が続けられた。悪しき改革にショック・ドクトリンが利用されるのは困るが、改革にはプラスとマイナスが発生することも避けがたい。何もせずに前と同じ経路依存・制度依存を続けるよりは、プラスの方向への転換の好機ととらえることは出来ないだろうか。コロナ禍と同じく「超高齢社会」もひとつ社会危機であり緊急事態の一種と考えれば、政府行政と非営利セクターとの「協働」の可能性は、かつてないほど高まっている。

しかしそれには大きな条件がある。それは、ボランティアや非営利を、政府行政などが上から目線で利用・活用しないことが必要だという点だ。新規のプロジェクトの立ち上げなど、当事者の間でビジョンや意識が共有されている場合には、うまく実現することもあるのだが、担当者が変わると、すぐにリセットされて継承されないことがしばしばである。これを変えるには、「第三者による政府」のような新しい概念が必要だ。これまでと同じやり方では、これまでと同じ結果をもたらしてしまう。政府行政の側も、ＮＰＯ側も、ともに共変しないと実現しないからだ。

交響圏とルール圏――政府行政と非営利組織の関係のモデル

非営利組織は、通常の市場原理からも、政府行政の公共性原理からも、はみだす組織である。原理的に、「非政府で非市場」的な組織である。しかし日本の憲法と民法と社会福祉法制度等の制約から、社会福祉法人は政府行政の論理と介護保険などで導入された疑似市場原理との間でダブルバイトの制約をうけてきた。この現状を確認したうえで、非営利組織本来の存在理由を活かす方向での提案を考えてみたい。

まず、制度と組織、という観点から、「非営利」の組織団体と、政府行政の定める制度との関係を整理してみよう。組織と制度というふたつの社会原理を共存させるモデルはあるだろうか。そのヒントが、見田宗介の「交響圏とルール圏」という論考の中にある。[7] このモデルを応用しながら非営利組織が、現代社会の中で、それにふさわしい位置づけや役割を果たせるような社会空間の構成を考えてみたいのだ。

見田は次のように論じる。社会の中には家族や仲間集団のような親密圏が様々に存在する。その友愛や連帯から相乗効果をもつ社会関係が生まれてくる。そのような共同体やコミュニティの可能性を活かすにはどうしたら良いか。

関係が真に親密で友愛的である範囲は広くない。それを強引に社会全体に拡大すると、小さな親密集団はきしみ、歪んで、その良さを失っていく。反対に、社会全体を法律や制度やルールでうめつくすと、平等には見えるけれども表面的で機械的な平等にすぎず、人間的な深い結びつきは失われてしまう。

見田の論考は現代社会一般の理論モデルなのだが、むしろ社会福祉の世界、非営利組織の世界、ボランティアやNPOの世界を考える際に、たいへん有効なモデルとなるのだ。ビジネスの世界で、親密さを大切にし、人間関係の中から相乗性や交響性が生まれてくるとは考えにくい。むしろ福祉やボランティアや非営利の世界でこそ、見田モデルはその持ち味を発揮できる。社会福祉法人やNPO法人などが、このグローバル資本主義の世界とどう「協働」できるかを考えるうえで有効なモデルなのだ。

コロナ禍の時代の「協働」のために

見田の「交響圏とルール圏」というモデルは、一見するととても平凡なモデル、当たり前すぎるほど当たり前なシンプルなモデルである。しかしシンプルなだけではない。その中に不思議なエネルギーが吹き込まれているし、そのエネルギーが現実社会に湧き上がっ

（7）見田宗介『社会学入門』（二〇〇六→二〇一六改訂）の中に収められた論考だが、とても「入門」とはいえない高度な内容だ。

てくるよう構想されている。それが「関係のユートピア・間・関係のルール」や「交響するコミューン・の・自由な連合」というコンセプトである。どういうことか。

「関係のユートピア」や「交響するコミューン」は、見田特有の理想社会のイメージなので、一般には理解されにくいかもしれない。ここではかんたんに「人間関係・社会関係の理想的な結びつき方」（お互いが対立したり否定しあう関係ではなく、尊重し高め合う関係）と考えておこう。営利を目的とせずに人間が結びつき協力しあえるイメージ、市場の世界、資本主義の論理からすればユートピア（ありえない世界）とも見える人間関係、社会関係である。

こうした理想や交響は、小さく親密な共同体でしかなり立たない。社会全体をコミューン（小共同体）やボランティアの論理で運営するわけにはいかない。そこで法律や制度やルールが必要になるが、その場合のルールが問題である。何のためのルールか、誰のためのルールか、何を守るためのルールか。ふつうは、社会全体のため、みんなのため、偏りのない公平・公正・平等の原則から説明される。見田のモデルはそうではないのだ。「関係のユートピア」を守るためのルール、「交響するコミューン」を育て守るためのモデルである。それがここに言われる「関係のルール」であり、「自由な連合」である。

だから、このシンプルなモデルの現実化は、ほんとうはとても難しい。これまでの「公平・公正・平等の原則」を逆転させなければならないからだ。公共性という抽象的で誰の

ためでもない価値を、交響性という親密な人たちを生み出す価値原理へと転換することだからだ。(8)

交響楽団が、現代社会において、ひとつのモデルとなる関係社会をつくっているとしたら、非営利法人の現状は、残念なことにその対極にあるのかもしれない。二重に開放して、二重に可能性を広げていけるはずだった存在が、ぎゃくに二重に拘束されて不自由になっているからだ。非営利法人は、現在のダブルバインドのままでは、その本来の可能性を発揮できないのではないか。ここにさらに「改革」という名の規制や義務を課しても、ますます組織活力を削いでいくだけではないか。「改革」という名の規制ではなく、組織の活力や可能性を引き出すことのほうが本当の〈改革〉になるはずだ。もちろん、その方向性は、経済的な意味での「経営」や、政治や行政の手足にしていく方向であってはならない。(9)

当たり前すぎるくらい当たり前にみえる共同体とその間のルール、しかし、その当たり前が不可能なのが、現実というものではないか。そういう声もあろう。

(8) この概念が構想された源泉のひとつは、オーケストラの演奏する交響曲のイメージだ。それは芸術によって人間のつながりを深めるとともに、深みのある価値を生み出す小集団でもある。世界的にオーケストラという集団が非営利組織として運営されていることも示唆的である。

(9) 米国で非営利組織の「経営」がいわれ、成果を上げている理由や、日本でそれが言われると、いつのまにか営利組織の「経営」に似ていってしまうのはなぜか。その理由や解決策については、前著『超高齢社会の乗り越え方』で考察している。

しかしそうではない。考えてみてほしい。コロナ禍の緊急事態や非常事態という場面で、私たちはすでに通常時を超えた「協働」を経験してきている。とてつもない危機に遭遇した場合、これまでにない対応が必要となるのは当然だ。じつはそう意識しないまま、私たちは「第三者による政府」というこれまでになかった「協働」モデルへと足を踏み入れている。そう考えてみると、阪神・淡路大震災や東日本大震災、その他様々な災害時などで、私たちはすでに「第三者による政府」モデルを経験してきているといっても良い。ただ、その経験は一時的な緊急避難のように思われていて、すぐに揮発してしまった。見田モデルは、この「災害のユートピア」のような経験を、これからの社会一般へと活かしていこうと呼びかけているモデルだとも言える。改革のあとの改革、という落ち穂拾いのようなものではなく、改革の先の改革、という積極的で前向きなビジョンと目標を示しているのではないか。

7　非営利という「想像の共同体」
――ボランティアとＮＰＯの二五年、そしてこれから

20世紀から21世紀への時代の転換点にあたる時期にボランティアとＮＰＯの波が起こった。これはグローバル資本主義時代への、季節はずれの波だったのだろうか。それとも21世紀の新しい「想像の共同体」への胎動だったのだろうか。その意味を考えると単純ではない。無償か有償か、営利か非営利か、市場か公共の福祉か、規制か自由化か等々――一見シンプルにみえるが、市場万能になりつつある現代社会の土台を問う問題ばかりなのだ。グローバル化への道に四苦八苦していたのが20世紀の日本だったとすると、21世紀には、これまで以上の困難さが待ち受けていると思われる。これまでと同じではいけない、よりダイナミックに人も組織も制度も変わっていかなくてはならないのではないか。でもどういう方向へ？　ここまで考えつづけて来たのは、ボランタリーで非営利なシステムが、より一層必要になるのではないかということだ。よりグローバルでありながらローカルに、もっとフレキシブルでバーチャルに、組織や法人のあり方も大きく変わっていくのではな

いか。人は「労働」するだけでなく、複数の「仕事」を持つ時代となり、所属する組織もひとつではなく、組織のあり方も多元化・多重化・重層化・バーチャル化していくのではないか。組織の壁をもっと自由にすり抜けつつ、多様に連携・協働していくのではないか。媒介者としてのボランティア団体や非営利組織がもっと現れてくるのではないか……もちろん半分は夢物語かもしれない。しかし時代はそれを求めているのではないか。それを「21世紀型の想像の共同体」と言ってみたい。もちろんベネディクト・アンダーソンの「想像の共同体」にならってのことである。ナショナリズムを生み出した20世紀型の「想像の共同体」(国民国家)は、グローバリズムの時代に四苦八苦している。このままでは呑み込まれてしまいそうだ。日本でも経済の長期停滞や「地方消滅」などにその徴候があらわれている。私たちは「新たな想像の共同体」を必要としているのではないか。それはもはやボランティアや非営利という名前ですらないかもしれない。新しい呼び名が必要なのかもしれない。経済はもうしばらくはグローバル資本主義の席巻が続いていくだろう。しかしコロナ禍が示した現代の世界の状況は、それとは違う「新たな想像の共同体」を必要としているにちがいない。

非営利組織の登場

民間非営利組織（NPO・NGO）[1]とは何か。市民活動とは何か。答える人によって内容や定義が異なるようだ。そもそもNon Profit Organizationという外来語やその略語のNPOというこなれない言葉が三〇年以上もの長きにわたって流通していること自体がとても不思議な現象だ。でも同じことは「ボランティア」にも言える。個人が社会に関わろうとして新たな活動を始めると、これまでの日本語の語彙だけではカバーできなくなる。ボランティアもNPOも、不思議な外来語だが今や日本語になっている。市民活動や非営利や社会変革などを考えていくと、従来の日本語の枠を超えることが必要になるようだ。

この問題を論じるうえで最適任のひとりが山岡義典である。山岡はトヨタ財団の市民活動助成担当として、全国の市民活動を見続けてきた。その経験をふまえて阪神・淡路大震災や、その後のNPO法の成立過程にコミットしてきた。そして非営利組織やNPOのあり方について見識ある意見を発信してきた。山岡義典の著した『時代が動くとき』（一九九九）は中でも骨格のはっきりした、数十年先まで見通すような識見を感じさせる講演録である。法律制定前後のことを語る歴史的文書でもあるから、今からみればいささか状況が変わってしまったところもある。しかし、この二五年ほどの間に、日本の公益法人や非

（1）Nonprofit Organization もしくは Not-for-Profit Organization（非営利組織）、Non Governmental Organization（非政府組織）

営利法人が、どのような大波を経験して、時代とともに変わってきたかを証言する歴史的な価値をもつ文書である。『時代が動くとき』を読み直しながら、これからの日本のNPOや市民活動について考えてみたい。

『時代が動くとき』

山岡義典は、日本のNPO法の制定にあたって、シーズの松原明や大阪ボランティア協会の早瀬昇などとともにその理念や理論面を牽引してきた代表的なリーダーの一人である。山岡は「NPOを支援するNPO」というコンセプトの日本NPOセンターの設立者にして代表であった。『時代が動くとき』の中で私が最重要だと思うのは「市民社会をどう築くか」という章だ。NPOと市民活動、非営利とボランティアは、似ているようで違う、違うようでつながっている。その相関関係はどうなっているのか。NPO法は、市民活動促進法という側面と、非営利活動促進法という二つの側面がある。NPO法の制定過程では、「市民」という言葉をめぐって政治家と悶着があった。結果的に「特定非営利活動促進法」となって、法律の文言から「市民」は消えたわけだが、山岡は「そのほうがよかった」という。「市民」は法律が作るものではないからだ。しかし「非営利」のほうは、明治時代の民法が「公益法人」制度として「官庁や役所が許認可する」仕組みをもっている。いわば国や役所が「公益」の判定権を握っている状態だ。この狭い「公益」概念に風穴を空けるのが「非営利」の「市民公益活動」であり、今までとは違う「公益」つまり「新しい公共」を市民が作っていくことに通じる。

山岡の主張の大切なポイントだが、法律や制度は、任意団体に法人格を与える仕組みにすぎない。法律や制度が人間や社会の実質を作っていくものではない、と言う。ＮＰＯ法は、いってみればただの制度、お皿に過ぎないのであって、そこにどのような内容を盛っていくかが重要なのだという。今読むと、あっけにとられるほどシンプルな正論である。しかし二〇年前に、この正論は大きな驚きをもって受け止められたに違いない。新しい法律や制度を作ることこそ、多くの人たちの目標でもあったからだ（とりわけ政治家や行政関係者にとっては）。様々な利害や思惑の渦巻きがあって、みんなその渦中にいたのだ。だから、山岡のように冷静に「その先」を考える人は少なかった。(2)

山岡はこの立場にたって根本的な解決（民法の抜本的な改正）ではなく、議員立法による特別法によって、非営利で活動する団体に法人格を与える限定的な制度から始めようと提

（2）ＮＰＯ法の立役者には「ＮＰＯ法人は手段であり道具にすぎない」と言う人が少なくない。ＮＰＯ法人格の目的化やＮＰＯの物神化を警戒してのことだろう。それはそのとおりだと思う。しかし言葉や理念も社会的現実を創り出していくだろう。そう考えると保守系の議員があれほど「市民」という言葉を警戒したのには理由があった。ＮＰＯや非営利も透明な道具であるだけではないのだ。

案する。一挙に大改革を行うのではなく、NPO法を第一歩として、社会を少しずつ変えていこうというのである。ここにも山岡の時代診断が読みとれる。結局、「市民」という言葉は、法律には盛られなかった。

その後に「NPO法の成立」と「NPO法の施行」という立法過程と施行過程の紹介がおかれる。NPO法は、本来ならば明治時代から続く官による公益判断という立場にたつ民法を変えるべきであった。しかしそれが非現実的なので、可能な次善の策として議員立法による特別法（公益や非営利一般でなく、対象項目が限定列挙された特別法）として制定されたこと。その過程で、政治家や政党が様々に介入してきたり、所轄庁のない法律ゆえ、団体委任事務として都道府県が条例をつくるうえで様々な混乱があったこと。法人の設立を許認可でなく認証にしたが、官庁も巻き返して許認可的な認証にしようと抵抗したことなど、波瀾万丈の展開（今となっては裏話）が語られている。

でも、このような技術論は当時にあっては重要なことだが、いずれ忘れ去られることだと冷静に発言している。問題は、この法律がモデルとなって「政府や行政による公益判定の独占」をどう打破して「市民による公益」づくりの土台となるかだという。それこそ山岡の「市民活動」の定義であり、「市民運動としてのNPO」なのである。

山岡はNPO法という新しい制度の解説と今後の展開を説明しているかに見えてそうではない。「日本に役所のいう公共や公益でなく、市民のつくる公共や公益をどうつくりだすか」「日本の市民活動を根づかせるためにどうすべきか」さらには「日本に《市民》や《市民活動》をつくりだすために非営利法人制度をどう活用すべきか」をメインテーマにしているのである。

ボランティアとNPO――その時代背景

山岡が『時代が動くとき』を上梓したのは一九九九年だ。一九九五年に阪神・淡路大震災があり、ボランティア元年と言われ、ボランティアや市民活動の支援制度の必要性が高まった。そして波瀾万丈の経緯のあと議員立法として特定非営利活動促進法（NPO法）が成立したのは一九九八年、認証が始まったのは一九九九年だった。二〇〇〇年からは介護保険制度も施行され、当時、多くの福祉系ボランティア団体がNPO法人になり介護保険指定事業者となっていった。

世界に眼を向ければ、一九八九年のベルリンの壁の崩壊、一九九一年の旧ソ連邦の解体、その後の東欧を中心とした旧共産圏の大規模な国家再編成があった。社会主義による国家統制と管理運営ではなく、資本主義と市場経済が世界を席巻するようになるとともに、資本主義と市場経済では維持できない社会サービス（保健・医療・福祉・文化・教育など）をどう立て直すかが喫緊の世界課題になっていた。アメリカはとりわけこの世界的な大転換に積極的にコミットしたが、国家としてコミットするわけにはいかない（内政干渉になる）。そこで民間非営利組織（NPO・NGO）主導による、旧共産圏の諸国への民間ベースでの（アメリカ的な）支援の道をさぐっていた。米国流のNPO制度は、こうした世界情勢にもマッチした支援方法（のひとつ）だった。欧州連合（EU）も一九九二年に欧州連合条約が署名され翌年に発効、一九九三年のマーストリヒト条約、一九九九年の通貨同盟の成立などをへてヨーロッパ市民権や移動の自由などが次第に確保されていった。旧共産圏の解体と再編をEUもサポートしていたのだ。その場合にも国家による国家の直接支援ではない、民間ベースあるいはEUベースでの支援が模索された。

つまり一九八〇年代から二〇〇〇年代にかけては、世界的に時代が大きく動いていたのだ。その激動する時代状況の中で、市民や市民活動も大きく変わりつつあった。それがもっとも鮮明に可視化されたのがボランティアとNPOだった。

もういちど日本国内に目を向ければ、少子化と高齢化が急激に進んでいた。核家族化や小家族化の速度も急ピッチだったし、ひとり暮らし高齢者の急増などの課題があるのに、近隣地域による助けあいの仕組みは衰退していた。従来の行政の措置制度による福祉では限界があることが明らかだった。そこで社会保険の仕組みを応用した公的介護保険の構想も温められていた(3)。介護保険法の成立が一九九八年、施行は二〇〇〇年四月からであった。時代的に先行するかたちで、都市部を中心として一九八〇年代から地域のひとり暮らし高齢者の生活支援のために、ボランティア団体を中心として住民参加型在宅福祉活動が全国的に始まっていた。地域の女性層を中心としたこうしたボランティア団体の多くは、やがてＮＰＯ法人となって介護保険事業者となっていく。(4) このように、日本国内でもボランティアとＮＰＯを中心とした新しい公的な制度の再編成が必要な時期になっていたのである。

新自由主義（ネオリベラリズム）の時代

阪神・淡路大震災があったからボランティアやＮＰＯが注目されたわけではない。日本のみならず、世界的にみても、社会の問題や課題の多くは、政府や行政だけではカバーしきれなくなっていたのだ。

グローバル資本主義のほうに眼を向ければ、世界規模で市場が動き、ビジネス展開されるようになった。グローバル企業は、「多国籍企業」以上に「国家」という枠組みから脱して行動するようになった。国ごとに異なった規制や税制に縛られない自由な資本移動が

（3）大熊由紀子の『物語介護保険』にその間の経緯が活写されている。
（4）われわれはこれを介護系ＮＰＯと呼んで分析・紹介したことがある。田中尚輝・浅川澄一・安立清史著『介護系ＮＰＯの最前線』（ミネルヴァ書房、二〇〇三）

行われるようになり、生産や組み立ての世界的な分業体制が成立し、市場もグローバルに動くようになる。その結果、個々の国からはグローバル企業への課税が困難になる――こうなると各国の税収は縮小し、少子・高齢化などで増大する医療や年金、社会福祉や社会保障のニーズに答えられなくなる（福祉国家の財政危機を加速する）。

ところでグローバル化した時代を背景に急激に跋扈したのが「ネオリベラリズム（新自由主義）」である。この思想や価値観からすれば政府による規制や課税は最小限がよい（なければもっと良い）。公共サービスも必要最小限がよい。そして基本的には市場原理と自由競争によって供給されることが望ましい。そのほうが市民の多様なニーズにも答えられるし、コストも自由競争で下がっていく、というのだ。

市場が価値を判定できるものには、これがマッチするのかもしれない。しかし、保健・医療・福祉・文化・教育・環境や安全など、市場での価値判断が難しい（もしくは不可能な）課題についてはどうか。国境や多様な価値観などは、資本にとっては自由な活動を阻害する障壁でしかない。ネオリベラリズムは、歴史的に形成されてきた多様な社会や文化のあり方を破壊する方向に作用する。つまりボランティアやＮＰＯと対立する価値観と政策なのだ。

ところが驚くべきことにそうはうけとられない。ネオリベラリズムが、ボランティアやＮＰＯを後押しすることになった。ここに解明すべき謎がある。ネオリベラリズムは、ボランティアや市民活動、民間非営利組織と「共振」しやすい性格を持っているのだ。「共振」とは離れた二つの物体の間に振動が伝わっていく物理現象を言う。この物理現象は社会現象にも起こりうるのではないか。ネオリベラリズムとボランティアやNPOが、目指す価値観が違うにもかかわらず、現象的にはとても似てしまうからだ（おなじ周波数で「共振」しているように見える）。第三者から見ると、ボランティアやNPOこそ、ネオリベラリズム的な政策の新たな担い手に見えてしまう。介護保険の指定事業者になった介護系NPOや、行政の指定管理者となって建物の管理運営などを受け持つようになったNPOなどは、第三者から見れば、まさにネオリベラリズムの担い手のように見えてしまうのだ。世界が、グローバル資本主義の時代になり、ネオリベラリズムの価値観が広がっていけばいくほどボランティアやNPOはもてはやされるようになる。その意図は真逆なのに、ボランティアやNPOは「共振」して、ネオリベラリズムに貢献している——そのように見えてしまう。なんという皮肉な逆説だろう。

新自由主義とNPOのパラドックス

考えてみると「ボランティア」は近代資本主義における「労働」へのかなりラディカルな異議申し立てである。資本主義において「労働」は賃労働であり市場で労働力を売ることである。ところが「ボランティア」は無償であること、自発的であることを強調する。それは潜在的に「労働」を否定する含意をもっているはずだ。だとしたら「ボランティアであること」つまり「労働」の否定は、資本主義的な論理をじつに本質的なところで批判しているとも考えられる。「ボランティア」が拡大すれば、賃労働という仕組みは脅威にさらされる。資本主義は機能不全に陥る。だから資本家も労働者や労働組合も、どちらも「ボランティア」の論理を肯定できないはずだ。それは市場における労働力の価値を否定する論理だからだ。労働者にとって唯一の資本、それが「労働力」なのだが、それを無価値化あるいは脱価値化するのが「ボランティア」の論理だ。いささか過激に理論拡大すれば、そうなる。

　同様に、非営利組織も、会社や企業、営利組織という資本主義のコアとなる構成要素を根底からゆるがすものだ。資本主義は、労働者と資本家と営利企業とが市場で組み合わさって機能する。もちろんともに利潤を目指しているから機能するのだ。「ボランティア」は労働を否定する。ＮＰＯは企業・会社組織を否定する。だとしたら「ボランティアとＮＰＯ」は、資本主義の中心部を批判する論理をもっていることになる……。

　もちろんそうはならない。一般的な見解によれば、ボランティアやＮＰＯは政府のできないところを補う、市場では供給できないサービスを提供する仕組みである。つまり資本主義を補完する安全弁のような仕組みだという。

でも、なぜこのように安全弁が作動するのか。なぜ安全なところでリミッターが機能するのか。ここにも謎がある。私は次のように考える。[5]それは資本主義と非営利組織とが同じものを母胎にして育ってきた「きょうだい」のようなものだからである。資本主義と非営利組織とは、もとから対立するものではなかったのだ。米国の非営利組織と資本主義とは、ほとんど同じ時代に同じ場所から生まれてきたものだという。[6]そうだとすれば、米国の近代資本主義はもともと非営利組織と親戚同士のようなものだ。マックス・ヴェーバーの想定に従えば、両者はプロテスタンティズムのエートスの中から生まれてきた「きょうだい」のようなものである。[7]

もちろん山岡や早瀬も論じているように、Non Profit Organization における「Ｎｏｎ」とは、否定でも破壊でも対抗でもない。それは端的に「違う」と言っているだけなのだ。しかしこの「Ｎｏｎ」の論理も、考えてみると不思議に満ちている。ふつう「違う」という場合には「別の何か」を知っているから違うと分かるのだ。でもそれが何であるのか。

（5）『超高齢社会の乗り越え方』の「グローバル資本主義の中の非営利」を参照。
（6）ハーバード大学で非営利組織の歴史を研究する歴史学者ピーター・ホールによれば、米国のＮＰＯ第一号はハーバード大学だという。また米国の資本主義もマサチューセッツ州ボストンやペンシルベニア州フィラデルフィア等、ピューリタンの植民都市を中心に発展してきた。
（7）安立清史『超高齢社会の乗り越え方』所収の「グローバル資本主義の中の非営利」や「日本の非営利、アメリカの非営利」などを参照。

違うものの希求というベクトルだけがNPOを支えているらしいのだ(8)。

しかしまさにそれゆえに、米国やグローバル化する世界では、ますますNPOが大きくなっていくのにたいして、日本では制度が発足して二十数年がたつと、NPOは次第にその本来の社会的な意味を縮小していくように見えるのではないか。ここには、まだ考えるべき論点がたくさん残っているように思う。

「市民・市民活動・市民社会」をどう作るか

さて、山岡の発言の白眉となる部分はどこだろうか。それはNPO法の成立過程の紹介でも、施行されたNPO法の解説でもない。まして施行後のNPOの現状や実態ではない。「市民社会をどう築くか」と題された部分である。ここには二〇年後の今再読すると、驚くようなことがさらりと書かれている。

山岡はいう「日本は市民社会をつくった経験がありません」。だから「かつて市民社会をつくったことがないところに、今、私たちはそれをつくろうとしているのです。しかも、革命などを今やるわけにはいきませんから、革命なしで市民社会をつくろうとしているのです。これは、たいへんなことです。そう簡単にできるわけがありません」。「そのときに、私たちに必要になってくるのが、市民活動、あるいはそれを支える市民団体、もっと広い概念で言えばNPOであろうと私は思います」(九八頁)。山岡の主張はここに凝縮されている。まさにここに「時代が動きつつある」という実感がこめられているのだろう。その先にある未来が見えてきた瞬間なのだろう。

さて時代の大変動の中で書かれたのが『時代が動くとき』だが、二〇二〇年現在から読み直してみると新たな問いや疑問も見えてくる。ここからさらに先を考えるために、いくつかの「問い」を提示してみたい。

第一は「市民」をめぐる問題である。「市民」とは誰か、どのように生まれてくるのか、NPO法から二十数年がたって、NPOや非営利組織の中からはたして「市民」が生まれてきたのか。

社会学では、新聞メディア等で一般的に使われる言葉としての「いわゆる市民」(「市民」と表現しておこう)と、理論的・理念的な当為概念(そうあるべきだとする理想論)としての市民(《市民》と表現しておこう)とを区別する。山岡の使い方は、後者に近いのだが、いきなりすっと出てくるので、その出現や生成のメカニズムが分からない。そもそも、市民と類似している概念として、住民(都民や県民、町民や村民その他)があるし、国民という概

(8) ボランティアや非営利、自発性など、基本的な概念を早瀬昇はじつに分かりやすく整理して解説している。早瀬昇『「参加の力」が創る共生社会』を参照。

念もある。さらに、庶民や人民、大衆や群衆、公衆という概念もある。それぞれに微妙に違っていて、扱われるテーマや状況に応じて使い分けられているのだが、山岡は断固として「市民」にこだわる。「市民活動」をつうじて、「市民」が現れてくると考えている。市民活動や住民運動、ボランティア活動や非営利組織の活動が市民をつくる、という論理構成になっている。市民が市民活動すると「市民」が生まれる。だとすると、そもそも市民活動を始めた段階では、まだ市民ではなかったのか、活動と市民、運動と市民とが循環論法になってはいないか。

第二の「問い」は、人はなぜ「非営利」の活動をするのか、という問題である。人間のエゴイズムや営利活動には何の疑問も不思議もない。人間にとって個人の利益や利己主義は根源的なものと考えられているからだ。しかし「非営利」のほうはどうか。営利を目指さない、利己をめざさない「非営利」の活動や、利他的なボランティア活動は、人間にとってはたして根源的なものなのか。欲望や利害を超えた人間の行動原理は、いったいどう説明されるか(9)。

「非営利」の活動は、外からはその理由が見えない(見えにくい)。だから「謎」がある。尊い行動として尊敬されることもあるし、隠された意図があるのではないかと疑われたりもする。合理的で功利主義的な人間観からすれば、インセンティブなしに人間が行動するはずがないということになる。でも、じっさいにそうやって多くの人が活動しているではないか。ここには謎が残されているのだ。だから隠された意図があるのではないかと疑念が生じる。合理的に説明がつかない活動だから政府や行政は「非営利」の団体や活動を警戒するのではないか。明治民法以来、「非営利」の団体の設立には警戒心を持ち続けてきた理由はそれだろう。ここが解明されないかぎり、行政と市民との協働には、見えない壁がたちはだかるのではないか。[10] 山岡はきっと思想的・宗教的な背景があってこの「問い」にたいする「答え」をもっているに違いない。でもこの時点ではそれを論じることを自重したのではないか。二〇年後の現在、さらに二〇年先を見通したときに、もういちどそれを論じることが必要になるのではないか。

第三の問いは、ボランティアとNPOは同じ論理の軸上にあるのか、という問題である。ボランティア（個人による社会的行為）とNPO（組織としての非営利活動）とは、どのよう

(9) リチャード・ドーキンスの「利己的な遺伝子」の理論によればエゴイズムは遺伝子に由来する。その限りで、生物たる人間は、その利己主義を克服できないことになる。この理論に対して真木悠介（見田宗介）の『自我の起源』（一九九三）では、利己的な遺伝子の論理に乗ったとしても、昆虫と顕花植物との共生関係など、共生する戦略のほうが共繁栄しうることを指摘して、エゴイズムだけが生物の唯一の道ではないことを論じている。

(10) この問題には、私も『超高齢社会の乗り越え方』において考察している。ここには日本において行政と非営利組織との協働が進まないひとつの理由があると思われる。それにたいして米国ではなぜそうならないのか。サラモンの「第三者による政府」という概念を紹介しながら論じている。

につながるのか。ボランティアが集まるとＮＰＯになるのか、ボランティアの発展型がＮＰＯなのか、ボランティアを支援するための仕組みがＮＰＯなのか。両者は、順接するのか、時には逆接するのか（ＮＰＯが関わることでボランティア活動を歪めたり、抑制したりする逆機能は生じないのか）。両者は同じものの二面なのか、個人と組織という次元の違いなのか。様々な「問い」が湧き起こってくる。

ボランティア個人の活動には限界がある、持続性にも限界がある、広がりにも限界がある、ゆえにＮＰＯが必要となる、というごく普通の議論はよく耳にするところである。しかしＮＰＯ法人が認証されて二十数年たった現在から見ると、ボランティアとＮＰＯとの関係は、順接ばかりでなく逆接もあったのではないか。ボランティアとＮＰＯとの関係はかなり複雑なのではないか。そこを論理的・理論的にもう一度、整理する必要があるのではないか。

大きくはこの三つの疑問が残る。いささか大きすぎる問いかもしれない。しかしボランティアとＮＰＯの三〇年（以上）を見つめてきた山岡だからこそ、問いかけてみたい問題なのだ。

ＮＰＯと非営利の未来

かつての「時代が動く」という熱気が、次第に揮発・蒸発していくかに見える現在、これまでの三〇年余をふり返って、そしてこれからの未来を、山岡はどう見ているだろうか。

その後の日本の非営利関連の法制度は、どう展開したか。

早瀬昇の『「参加の力」が創る共生社会』（二〇一八）の「公益法人制度改革」の箇所を読むと、次のように整理されている。「NPO法施行の一〇年後、二〇〇八年には民法の公益法人規定自体が廃止され、あらたに一般社団法人、一般財団法人と公益社団法人、公益財団法人に再編され（…中略…）旧・公益法人制度が廃止になりました」。この一般社団法人、一般財団法人は、NPO法人よりも設立が容易で、「ほとんど何の規制もなく、公益の実現を目的としなくてもよく、情報公開も義務づけられていません。それゆえ、どのような活動をしているのかよくわからない法人が、かなりの数に上っている状況です」という。しかも「公益社団法人・公益財団法人となると、NPO法人よりも手厚い税制上の優遇があります」という状況だ。すると「NPO法人か一般法人か」とせまられる選択では、「NPO法人の新規認証法人数は減る傾向にあり」「新設された一般法人は社団・財団合わせて四万法人を超えており、NPO法人よりも二割ほど早いペースで増加して」「どの法人格を選ぶか悩ましい状態」なのだという。こうした中で早瀬は「運営スタイルに合わせた法人格の選択」という無難なまとめをしているのだが、この状況は、山岡の「NPO法人格＝お皿の理論」からすると、どう見えるのだろうか。法人格の取得が容易になればなるほど、市民活動や市民団体は活発になるのか。日本で市民社会が創りやすくなるのか。おそらくそう単純には言えない。そうなると日本におけるＮＰＯ法とＮＰＯの未来は、どうなっていくだろうか。

ボランティアの原理、非営利の可能性

非営利の組織や法人のこれから、そしてその先を考えるにあたって、いくつかの補助線を引いておきたい。マルクスが資本主義の謎を解くにあたって「商品」の分析から始めたように、われわれも「ボランティア」から始めるべきではないか。商品と貨幣という不思議な媒介があって資本主義が動く。マックス・ヴェーバーによれば、資本と労働がエートスという独特の融合を遂げて近代資本主義が動き出す。このメカニズムを、ボランティアと非営利に当てはめるとどうなるか。ボランティアが活動する、でも何のため？　隣人愛という利他主義にもとづいて困窮している隣人たちのため、というのがキリスト教世界での普通の常識だろう。それは貨幣や商品という考え方（利己主義）への対抗でもあったのではないか。つまりボランティアとその行動は、そっくりそのまま資本主義の商品と労働という考え方の逆写像である。だとすると商品に込められた謎は、ボランティアにも投影されているのではないか。商品が商品であるためには「命がけの跳躍」があるとマルクスは言っている。売れるか売れないか、売れなければ商品ではない。おなじようにボラン

ティア活動を考えてみるとどうなるか。ボランティア行為が、相手に受け取られるかどうか、必要とされるかどうか。そこには商品と同じように「跳躍」がある。つまり慈善や利他行為には、受け取られない、必要とされない、拒否される場合がある、ということだ。仁平典宏はボランティアを贈与の一種とみてそれを「贈与のパラドックス」と呼んだ。このパラドックスは永遠に解けない。他者は自分ではないからだ。そこで様々な屈折や転回のあとで、ボランティア行為は非営利組織による「経営論的転回」へ至るというのが仁平の見立てだった。しかしそれで解決されるわけではない。非営利組織も、「非営利」という独特の価値観をもって、社会へ行動を差し向ける組織であるからだ。個人にあったパラドックスは、そのまま組織のパラドックスに引き継がれるはずだ。問題は解決されたのではなく先送りされたのだ。だとすると非営利組織にもマルクスのいう「命がけの跳躍」があるはずだ。それはどこにあるか。今ある「社会」を越える〈社会〉のあり方を生み出そうとするところにあるはずだ。

この社会から、まだない次の社会への「命がけの跳躍」――いささか大げさに言えばそうなる。ボランティアや非営利組織の活動は、次のステップに到達できるかどうか。まったく保障のない、やむにやまれぬ、そして命がけの跳躍のようなものではないだろうか。

ボランティアの原理や、非営利組織、非営利法人の制度の来し方をふり返るだけでなく、この先のあり方、これからの跳躍が、いったいどこで必要になるのか。コロナ禍で世界中が萎縮している現在こそ、ボランティアや非営利の原理的・理念的な力と、その跳躍力を見直すべき時ではないだろうか。

集団での活動を抑制しなければならない現在、いかなる道があるのか。ここで問題は振り出しに戻る。しかし、このように原理や原点と現実との間を行きつ戻りつする往復運動であること、そこにこそ、ボランティアや非営利という行動や組織の不可思議な魅力と可能性があるのではないか。

21世紀の新しい「想像の共同体」へ

ボランティアも非営利も、20世紀型の社会システムへの批判や対抗の含意をもっていた。それゆえ阪神・淡路大震災や東日本大震災などの災害時に注目されたのだ。現在はさらにグローバル資本主義やネオリベラリズム・市場原理主義の弊害が、いたるところで顕著になってきた。19世紀から20世紀にかけて世界を席巻したナショナリズムと国民国家のシステムが、グローバル資本主義の時代に四苦八苦しているように、私たちの地域コミュニティや市民社会も、その生き方や市民性の根拠が危機に瀕しているのではないか。

グローバル化による雇用の劣化も、「ブルシット・ジョブ」化も格差社会も、社会保障や社会福祉の脆弱化も、福祉国家の危機も、「地方消滅」も、どれもみな連関している。

このグローバルな大きな波にたいしていては小さな個人がばらばらに対していては解決は望めない。グローバルに対抗する連帯は不可能なのだろうか。むしろ小さい方が、その小さな連帯同士のグローバルな連帯や連合が可能なのではないか。[11]

ボランティアの原理と「非営利」という方法は、たんなる理想やモデルであるだけでなく21世紀にあらためて見直されるべきではないだろうか。

それをここで「21世紀型の想像の共同体」と言ってみたい。ボランティアも非営利も連帯や対抗も、国家や社会や世界も、資本主義ですらも、ある意味で「想像」の産物なのだから。ベネディクト・アンダーソンはナショナリズムも近代国家も「想像の共同体」であると言った。ヴァルター・ベンヤミンは「資本主義こそ宗教である」と言った。[12]私たちの社会や世界は、ある意味で、想像力によってなり立っているのだ。私たちの想像力は、グローバリズムやグローバル資本主義に翻弄されつづけているが、社会の原理にまで遡って考えてみれば反転するのではないか。私たちの作った「想像の共同体」を「新たな想像の共同体」へと更新していく力は、まだ残っているはずだ。

自発性や内発性、無償性や利他性、それらはみなは「幻想」である、そう言えないこと

(11) その可能なモデルを考察したのが見田宗介の「交響圏とルール圏」の考え方である。
(12) 大澤真幸はその『世界史の哲学』等で、くり返しこのことを論じている。

もない。「幻想」と言ったとたんに何の根拠も実現の可能性もないように聞こえてしまう。しかしそれを「想像」と言いかえてみればどうか。「想像」は近代国家や近代資本主義を生み出したではないか。近代社会や現代の資本主義世界は、ヴェーバーによれば、プロテスタンティズムの倫理が資本主義の「精神」を生み出し、それが現実の社会システムとなっていったものだと言う。それは「資本主義の精神」だけでなく「ボランティアや非営利の精神」も同時に生み出していたのではないか。だとすれば、無償と有償、営利と非営利、資本主義と社会主義、デジタル管理社会とボランタリズム……そうした一見対立するように見える事項も、じつは表裏一体、表と裏、両者が補完しながら存在しているのではないか。

じつに意外なことに、幻想にすら思える自発性や内発性、無償や非営利というコンセプトの中には、それの対立物が持っていたのと同じ「想像の共同体」を作る出す力が潜在しているのではないだろうか。その世界観・社会観に立てば、私たちには、21世紀の新たな「想像の共同体」を創り出す力が十分残っているのではないだろうか。

《コラム》

「風の谷のナウシカ」と《想像の共同体》

21世紀の《想像の共同体》とは、どのようなものか——それをイメージするのに格好の映画がある。宮崎駿監督の「風の谷のナウシカ」(一九八四)だ。

ナウシカたちの暮らす「風の谷」——それは《想像の共同体》、交響するコミューンそのものではないか。でも、あれは映画の中のおとぎ話、現実にはあり得ない理想郷ではないか。ナウシカという主人公も、欠点ひとつなく美化されすぎている。「風の谷」の村人のため必死の努力を傾け、最後には自分を犠牲にしていく聖人少女。現実にはあり得ないスーパーヒロイン——ふつうなら、以上終わり、である。子ども向けの夢物語だが、大人なら途中で席を立ってしまいかねない。

ところが、とんでもない。最後の最後まで息せきつかせぬ緊張感がみなぎっていて、誰も席を立たない、立てない。ナウシカの復活——そんなことありえない、と思いながらも、そうあってほしいと願うようになっていく。この秘密はなんだろう。

ナウシカというヒロインの中だけでなく、「風の谷」という共同体の中にその秘密が隠されている、というのが私の考えだ。どういうことか。

いくつか補助線を引いて考えてみよう。第一は「キツネリス」である。この映画の冒頭に、映画全体の主題を凝縮したような小さなエピソードがおかれている。ナウシカが、師でもあるユパを助けたあと、彼から、小さいが気が強くて攻撃的なキツネリスを譲り受けるシーンだ。キツネリスは怯えてナウシカの指に噛みつく。血が流れるがナウシカは痛みをこらえて突然の「受難」を受け止める。するとキツネリスはすぐに噛みついた傷口をなめながらナウシカを慕うようになる、という印象的なエピソードだ。これが全編にわたって何度も反復されるナウシカの主題（受難とその克服）の最初の登場場面となる。

突然の攻撃――それはキツネリスのあと、トルメキア軍からの攻撃、ペジテの人たちからの攻撃、腐海の蟲たち、最後には王蟲の大群からの攻撃として何度も繰り返される。トルメキア軍によって父王が殺された時には、ナウシカも逆上し総毛が逆立って兵士たちを殺してしまう。その「殺生」を止めたのがユパだった。以後、ナウシカにとって、攻撃を受けたとき、「攻撃し返す」、という当たり前の反応ではない方法を求めるようになる。それはやがて「戦うことと戦う」つまり「戦いの乗り越え」という重大なテーマになっていくのだ。その集大成が、王蟲の大群にたいしてたった一人で訴えかける有名なラストシーンだ。

これを「自己犠牲」とか「受難」といってしまったら、「風の谷のナウシカ」の本当の感動がどこからやってくるのか分からなる。むしろこう考えるべきではないか。これは、私たちの「想像力」が試されているのだ、と。私たちも映画の中でナウシカや「風の谷」の人たちといっしょに試練をくぐり抜けて何かを理解しはじめたのだ、と。この映画を見終わった時に、私たちが深い感動と「救済感」を感じるのは、そのためではないか。それは、どういうことだろうか。

もういちど映画の始めに戻ってみよう。ユパはキツネリスの心をあっというまにつかんだナウシカをみて、彼女に不思議な能力があることを理解する。王蟲もまた、ウシアブを殺さず森に返したナウシカを遠くからじっと見つめている。王蟲もナウシカの心を読み取っていたのだ。さらにトルメキア軍の冷酷な司令官クシャナ王女も不思議とナウシカを理解していく。ペジテの人たちも、アスベルはじめナウシカの行動に心を寄せていく。もちろん「風の谷」の人びとはナウシカを心から信頼している。大婆さまは、神話の青き衣の伝説を通してナウシカの転生の意味を発見する。つまり、このあり得ないおとぎ話のようなストーリーが強い説得力をもつのは、ナウシカの周囲の人たちを、「理解」という形でふかく巻き込んでいくからだ。最後には私たち観客もその流れの中に呑み込まれて深く共鳴していくからだ。

その総仕上げこそ、ナウシカの「復活」シーンだろう。王蟲の群れに跳ね上げられて死んだナウシカが、王蟲たちによって「復活」するシーンだ。ここは誰がみてもキリストの受難とその復活を思わせる。でもゴルゴタの丘とはだいぶ趣が異なる。キリストの死の現場には、ナウシカの死のような救済感はなかったに違いない。復活という奇蹟があったので事後的にイエスがキリストだったことが発見されたのだ。しかし事件の当時は、尋問された弟子のペトロが「そんな人は知らない」とイエスを三度も否認したように、誰からも本当に深くは理解されていなかった。十二使徒はちりぢりになって逃げてしまった。マタイの福音書は、イエスが故郷のナザレでも受け入れられなかったことを記している。「この人は大工の息子ではないか」と――イエスは、故郷の村人からも親族からも理解されてはいなかったのだ。

ナウシカの物語はそこが違う。この映画は、表面的に見れば、外敵から攻撃につぐ攻撃を受けて、受難で死んでいく少女の悲劇の物語だ。ところが見終わったあとの印象は大きく異なっている。この映画は、ナウシカを理解し、信頼しつづけた人たちの勝利と救済、そして幸福の物語だと思われてくるのである。

私はこう考えてみたい――この映画は、ナウシカというスーパーヒロインの話というよりは、逆境に耐えながらも彼女を信じつづけることのできた、ごくふつうの人たちの物語なのだ、と。「風の谷のナウシカ」は、「風の谷」の人たちの「想像力」の勝利の物語なのだ。この「想像力」なしには、「風の谷」の人びとは周囲を腐海や敵に囲まれた世界の中で生き抜いていくことは出来なかっただろう。

21世紀の私たちは、どんな「想像力」を持っているだろうか。それなしには未曾有の危機は乗り越えられないはずなのだ。

この映画が、「風の谷」の人たちのつくる「交響するコミューン」すなわち《想像の共同体》の物語だと思うのは、それゆえである。

結　21世紀への想像力

「非営利」という想像力

非営利（Non Profit/Not-for-Profit）という考え方には謎や不思議がたくさん含まれている。なぜ営利の否定ではなく、反対や対抗でもなく「非営利」なのか。非営利で本当に社会を運営できるのか。そういう疑問が続々わきあがってくる。もっともなことだ。しかし「非営利」を実体としてではなく「想像力」の問題として考えたらどうか。「現実」を越えていくための想像力のあり方を示しているのではないか。現在の先を考えるための「想像力」、そう考えるべきではないか。

なぜ「営利」ではだめなのか。営利だと貪欲や利己主義に陥るから、公益や公共の福祉のためにならないから、利益のためには世の中の為にならないことでも営利活動（商売）にしてしまう（こともある）から、など様々な説明がありうるだろう。でも非営利ならそのような悪から免れうるのか。そんなことはないだろう。では、非営利のことは政府行政に任せたらどうなのか。これも難しい。政府や行政は一見、公平・公正・平等に見えて、じつは選挙や政治によって動かされる。生きている人たちの生活やニーズも日々変化していく。法や制度は作るまでに時間がかかるから、つねに現在必要なことから遅れていくのである。そのうえ、公平・公正・平等の原則は、誰かに委ねてしまったとたん、恣意的に使われやすい。そこで民主主義によるチェックが必要だということになるが、これまた難儀なことで、投票率は下がるばかり。代理や代議の制度がお任せ民主主義になって実質性を失っていくのは世の常かもしれない。

だから自分たちで「新たな公益や公共」を作り出して定義しなおそう、あるいは「多様な公益や公共」を創り出そうという動きがでてくる。それが過去三〇年以上にわたって「非営利」の運動と共鳴して、NPO法人や新たな公益法人づくりに結実していったのだろう。でも、ずっと利益を求めず、利己的にならず、公益や公共の福祉のために、つまり宮沢賢治の「雨ニモ負ケズ」のように「自分を勘定にいれず」にやっていけるものなのか。一時的には可能でも、ずっと利他的でやっていけるのだろうか。誰しもつまずき、考えこむ疑問だろう[1]。

山岡義典はNPO法をつくるにあたって、「市民社会」をつくることが目標だ、市民が市民活動によって市民社会をつくっていく、その方法や手段（道具）としてNPOという制度や法律を活用すべきだと述べていた。だから法律に「市民」という言葉は入れない方がよい、「市民」は法律がつくるものではなく、私たちが作っていくものだからだ、とも述べていた。これも分かりやすいようで難しい。まだ市民も市民社会も本当には存在していないのだ。存在しないものが存在しないものを目標とすることが可能なのか。(2) しかし分かる気もするのだ。そう、ハンナ・アーレントの考えるギリシアの「市民」に似ているからだ。しかしギリシア時代の「市民」は「労働」しない。「民主主義」も「仕事」も「市民活動」も、このようなギリシア「市民」にだけ可能なのだろうか。(3) そんなことはないはずだ。

では「道具」や「手段」として考えた場合に、ボランティアや非営利は、どれだけの可能性をもっているか。現実的に考えると、ここにも重大な疑問符がつく。もしそれが手段や道具に過ぎないならば、なぜ、人は、わざわざ無償や非営利を選ぶのだろうか。

考えてみれば当然なのだが、手段や道具として最も強力かつ高性能なのは、じつは、貨幣である。善い目的にも悪い目的にも使える万能の道具、それによって動かされない人はほとんどいないという最強の道具——それこそ貨幣ではないか。金銭というと悪いイメージが付着する。しかし貨幣といえば、これこそ人類の発明した最強のツール。人間と人間、人間と社会、社会と社会とを結びつける万能のツールではないか。だから「非営利」が手段であるという議論は、考えてみると奇妙なのだ。もっと善い手段があるのに、あえてハンデの大きい使い勝手の悪い手段を選んでいるからだ。非営利は、やはり手段や道具以上の「何か」なのではないか。

行動経済学はこう宣言する。営利と非営利を混ぜると、営利が勝利して道徳は締め出される、と。市場主義の現実社会では、非営利は営利に敗北していくのだ。でも現実世界の中で必ず負けてしまうような方法を、人びとはなぜやめようとしないのだろうか。

もうひとつ補助線を引いてみよう。ベネディクト・アンダーソンの「想像の共同体（Imagined Community）」という考え方だ。[4] アンダーソンはナショナリズムがどのように形成されるのかを研究した結果、それは「想像の共同体」という作用であると結論づけた。彼によれば近代国家はナショナリズムを同伴する、いやナショナリズムこそが近代国

(1) 加藤典洋が『敗戦後論』や『敗者の想像力』などの一連の論考で考えてきたことは次のようなことだ。いきなり公益や利他や公共性を言うのでは、腰高で弱く、説得力がない。「自己中」という最底辺から始めるべきだ。そして悪から善を創り出すような方法を考えるべきだ。これが加藤の考えだ。ここには注目すべき重要な思考があるように思う。

(2) その萌芽は全国各地に生まれつつあると山岡は述べているが。

(3) ギリシアの「市民」はなぜ「労働」しないか。その理由は、それが奴隷の役割だったからだ。ギリシアの時代は奴隷制の時代であった。

(4) ベネディクト・アンダーソン『定本　想像の共同体——ナショナリズムの起源と流行』（邦訳二〇〇七）。「imagined」という標題には「想像する」という能動性よりは「想像させられる」という受動性のニュアンスの方が強いことに注意すべきだろう。

家を生み出した不可欠の存在だったという。国民国家（ネイション・ステート）は近代社会になって初めて生まれたものなのに、どういうわけか大昔からあったように「想像」される。新しく作られたものなのに、古くからあったものと考えられていく。それが実体である以上に「想像」の産物だからである。近代の想像力が歴史を意味づけ直しているのだ。近代国家は想像の産物なのだ。しかし想像された「国家」という共同体のためなら人びとは自己犠牲もいとわない。アンダーソンは印象深い例として「無名戦士の墓」をあげている。王や君主のためではなく、より大きな抽象的な全体である「想像された共同体（国家）」のためなら、戦うことができる、そのために死んでもよい、そこまで人を駆り立てる力があるのだ。この「想像力」こそ、近代国家を作り上げた当のものだという。じつは、自発的な意思で行うというボランティアや、営利という現実界の力に左右されたくないという非営利の考え方にも、ナショナリズムと同じような「想像力」が働いているのではないか。いや、想像力なしのボランティアや非営利はありえないのではないか。無償で営利を目的としない行為、それは愛国心にひどく似ている。ボランティアや非営利という考え方は、近代国家やそのナショナリズムと、とても近いものなのだ。それらは近代社会に特有の「想像力」がなければ作動しない。ナショナルなものも、市民という理念も、ボランティア・非営利という価値観も、この想像力がなければ動き出さないのではないか。つきつめると、近代的な「想像力」の力なしには機能しないものたちなのだ。

こう考えると、社会が危機に瀕すれば瀕するほど、ボランティアや非営利が、その根源にある「想像力」をフルに発揮するのはなぜか、が理解できるだろう。コロナ危機や大震災、大災害などは、私たちの共同性の危機そのものだ。現実的な方法や手段として考えると、ボランティアや非営利だけでは足りないことは明らかだ。しかしそれは実に多くの人びとの想像力に強くうったえかける。この想像力の力こそ阪神・淡路大震災や東北大震災にあって大きな行動を湧き起こした原因のひとつだろう。

あれから二五年以上がたって、時代の熱気は冷めてきた。さらにコロナ禍におそわれている現在、ボランティアと非営利は、これからどう進むのだろうか。あらためて考えてみたかった。

結びにあたって、残された課題についても書きとめておきたい。書き進めながら浮かんできたが、今回はまだ十分には展開できなかったいくつかの論点やアイデアがあるのだ。それらを記して今後の課題としておきたい。

天職と非営利

ひとつは、ちょうど百年前、今回のコロナ禍と同じような感染症のパンデミック――スペイン風邪によって斃れたドイツの社会学者マックス・ヴェーバーが残した課題である。

彼の『プロテスタンティズムの倫理と資本主義の精神』(5)で考察された「天職」という観念と近代社会との両義的な関係、そしてボランティアや非営利世界への含意である。かんたんに説明しておこう。

中世と近代とを切り分ける境界線上に宗教改革者マルチン・ルターが現れ、プロテスタンティズムがその後の世界を近代へと推し進めたことは歴史の常識だが、ヴェーバーは、その重要な要の一点に「天職（Beluf）」という概念があると指摘した。世俗のこの世での「労働」が苦役ではなく、宗教的な価値ある隣人愛の実践としての「仕事」に転換する、その魔法のような呪文が「天職」だったというのだ。「労働」が価値の低いものとしてではなく「仕事」（ヴェーバーは職業と言っているが）に転換することで、「労働」が労働以上の価値をおびることになった。職業は宗教にくらべて価値が低いどころか、世俗の職業を天職に見立てて専念することこそが正しい信仰の実践になる。職業世界が宗教的な光明をおびることになったのだ。これは天地がひっくり返るほどの大転換だったことだろう。すると世界の見方が変わってくる。日々の仕事が、そのまま隣人愛の実践として信仰のあかしになるからだ。でも考えてみると「天職」という考え方、それこそ「想像力」そのものではないか。

この論理をすぐにボランティアやＮＰＯへと応用することには躊躇があるが、ひとつの有力な補助線だと思う。

しかし留保をつけておけば、ヴェーバーは、この「天職」意識の中にあらわれたものが、公共性や福祉や非営利世界へすんなりと発展していったのではない、とする論旨へ私たちを導いていく。天職意識はエートスとなって生活全体、社会全体の合理化へとつながっていき、その合理化のはてに近代資本主義を生み出したという。そして近代資本主義は、その起源となる天職意識を切り離して合理的な経済システムとして回転しはじめる。すると宗教も倫理も道徳も関係なくなって合理性だけでドライブしていく社会に変質していったというのだ。天職意識は最初のスターターに過ぎず、エンジンが周りだすと合理性はオーバーランしていったのだという悲観的な歴史認識でもあった。

ボランタリーな活動や「非営利」というあり方もまた、グローバルな資本主義にとっては潤滑油にすぎないのか。そうならないための方法や工夫はありうるのか。多くの問題や課題は残されたままだ。

21世紀の「非営利」

ふたつめに、21世紀に非営利がなぜ、どのように必要とされるのかということだ。そこ

(5) ヴェーバーのこの書は百年以上たっても社会学的思考を刺激しつづけている。

にも尽きせぬ謎や課題があるのだが、まだ着想の段階にすぎない。だが、いくつかのアイデアを述べておく。

近年の社会福祉法人制度改革にあたって当時の担当者の念頭には次のような問題意識があったという。「介護保険では、営利企業は採算があわなくなったら、すぐにやめて逃げ出す。しかし社会福祉は一日も止められないし、採算で考えるものでもない。どんなことがあってもやめず、逃げだすことのない法人が必要だ。たとえ条件が悪くなっても社会福祉を担い続けていく法人が必要なのだ。それは社会福祉法人以外にないではないか。ネオリベの市場主義者が、イコールフッティング論で公平性など持ち出しても、それだけレベルが違うのだ。制度いじりで社会福祉法人を無くしてはいけないのだ」と。それは論理の理由ではないだろうが、一つの真理を突いていると思う。営利企業は必要とあれば組織やサービスを変えて時代のニーズに合わせていく。そして事業として採算がとれなくなったら、理念や使命や社会の必要性とは関係なく撤退していく。それが営利企業の合理性というものだ。

社会福祉や介護事業といった、生きていく上で絶対的な必要をもつ人たちを対象とする社会福祉制度の担当者にとっては、営利企業だけでは制度を維持できない、制度を最終的に担保するためには信頼できる事業者が絶対に必要だと思うことだろう。採算が合わなくなったので事業を停止します、廃業します、他の業態に転換します、というような事業者を信頼するわけにはいかないだろう。

それに応じるように社会福祉法人は動かない（動けない）ように規制されている。介護系のＮＰＯ法人は、そこまで規制されているわけではない。しかし実態をみると、引っ越さない、逃げ出さない存在なのだ。なぜか。そこに生まれ育って生活している人たちから始まった活動だからだろう。そこに住んでいる人たちが、ともに暮らしている人たちに向けて行っている活動だからだろう（もちろん「すべて」とは言えないが）。顔の見える関係のなかで、責任を放棄して逃げ出すわけにはいかない。そこから新しい共同性や連帯の関係が築かれるという可能性を示している。これは、喩えてみれば、有機栽培農業の「地産地消」の活動のようなものではないか。手作りで、生産者の顔が見えて、消費者にも安全性にも配慮した持続可能な有機農業。そして何より地産地消の活動である。さらに突飛な比喩をつかえば、ボランティアやＮＰＯなどの非営利組織は、「21世紀の第一次産業」になりうるものではないだろうか。

それは一見したところ第三次産業に見えるのだが、事実サービス業であるがサービス業に尽きるものではない。医療や福祉や介護などは、地元に根づいて、地元で生産され、地元で消費されるものなのだ。それは引っ越ししないし逃げ出さない（ことが原則だ）。利益や収益や売り上げに一喜一憂するものでもない（これまた例外はあるだろうが）。それが非営利であることの強みだし、とりわけ現在のような危機の時代における強みでもある……やや誇張して美化しすぎているかもしれないが、理論的・モデル的には、このように考えることが出来よう。そう考えてくると、非営利であることの特徴は、これからの超高齢社会や「地方消滅」と言われる時代に、必要不可欠な貴重な社会資源（ソーシャルキャピタル）であることが分かる。それは「21世紀の第一次産業（エッセンシャルワーク）」というにふさわしい特徴をもっているのではないか。それを、社会づくり、地域づくり、町づくりと表現するとすこし抽象的すぎる。むしろそれは「地元づくり」とでも言うべきものではないか。地道に耕して「地元」意識を作っていく。地産地消の活動はまさにそれだ。

この他にもまだいくつもの課題や論点が残されている。ボランティアや非営利に含まれている謎や不思議議は、尽きせぬ社会学的な探求の宝庫だ。そのことを含めて本書を「21世紀の想像の共同体」の探求と呼んでみたい。

あとがき

コロナ禍をきっかけにパンドラの函が開いたように次々と危機や問題が続出してきて、たいへんな時代になった。問題を数え上げても憂鬱になるばかり。「では、どうしたらいいのだ」という声がふつふつと湧き上がってくる。しかし本書を執筆しながら、ボランティアやNPOという言葉にはできるだけ依存したくなかった。それを使っただけで解明され、分かったような気になってしまうからだ。かわりに「非営利」という言葉で考えようとした。だが、依然として抽象的なままではないか。問題はこんなにも具体的で切迫しているのに、これで対抗できるだろうか。

書名も定まらず、苦吟していた執筆の最終盤に「想像力」という言葉が浮かんできた。これまた平凡で使い古された言葉だ。エビデンスが重要視される時代に陳腐ですらある。でもよく考えてみると、「非営利」こそ「想像力」が駆動しているのではないか。「想像力」の媒介なしには動き出さないし、実現もしない。そう考えると、ボランティアやNPOはもちろんのこと、社会福祉や社会保障、さらには「介護の社会化」など、どれもみな「想像力」があってこそ可能になる、そうではないだろうか。たとえば「介護の社会化」から「想像力」を抜き去ったら、国にたいする一方的な要求に過ぎなくなってしまう。「想像力」を媒介にして、みんなが関わるから「介護の社会化」が重要な社会目標になるのだ。だとすれば、現在の危機を乗り越えるためには、これまで以上の「想像力」が必要だ。「想像力」の貧困こそ、私たちを不安と悲観に落ち込ませている原因ではないか。

そう考えたとたん視野が開けてきた。

次は「想像の共同体」だ。これはベネディクト・アンダーソンによる近代国家やナショナリズムの説明概念だ。社会まるごと包括してしまうほど極大の「共同体」と、その由来を考えるためのキーワードだ。ボランティアやＮＰＯや非営利組織のほうは、顔の見える関係から自発的に生まれてくるものだから「想像の共同体」とは対極にあるように見える。しかもアンダーソンは「想像された（Imagined）共同体」と言っている。能動的に「想像した」というより、否応なく「想像させられている」という受動的なニュアンスが濃厚なのだ。

そこで時代状況を考えてみたい。国家やナショナリズムという巨大な「想像の共同体」は、もっと大きなグローバリズムや世界的なパンデミックで、瀬戸際まで追いつめられている。人びとも分断され、生活は切り崩され、国家という「想像の共同体」から選別され追い出されそうになっている。こういう今こそ、上から与えられる「想像の共同体」ではなく、私たちが能動的な想像力で作り上げていく新たな《想像の共同体》が必要ではないか。その連帯や共同性をつくりだす媒介者が、ボランティアの原理や「非営利」の活動ではないか。そう考えてみたいのだ。

新型ウィルスとの戦いはまだ終わらない。おそらく市場経済や資本主義はこの先も生きのびていくことだろう。しかし国家や市場だけを信じることなど、もはやできない。私たちはグローバリズムの「その先」を考えなくてはならなくなった。その足元を支える土台として、新たな《想像の共同体》が必要になっているのだ。

本書の関心はパンデミックの克服方法ではない。むしろコロナ禍がつきつけた危機を、現在の社会とは違うあり方を考えるきっかけとして活用しようという提案だ。ボランタリーな「非営利」を駆動力として、身近に小さな《共同体》を回復したいという提案でもある。一見難しそうに書いてあるのは、シンプルなことに到達するためには、迂回しながら少しずつ発想を転換していくことが必要だったからだ。

現下の危機に、世界が一致団結していくような気宇壮大なプランも必要ではあろう。でも私たちの生活に近い場所から、具体的な連帯や共同性をつくりなおすことも、それに劣らぬほど重要ではないか。そう考えると「非営利という想像力」は、小さいが決して小さくない可能性を持っていると思う。その「想像力」が駆動するものは、考えられている以上に、今後の世界に必要なのではないか。だから大胆不敵にも、本書を、21世紀の新しい《想像の共同体》づくり、という提案として上梓したいと思う。

今から三〇年以上も前に、全国の住民参加型在宅福祉活動の調査研究に招き入れてくださった故三浦文夫先生、アメリカへの留学とそこでのボランティア・NPO研究へと導いてくださった故前田大作先生、そして日本の介護系NPOの世界を牽引して二〇二〇年に亡くなった田中尚輝さんには追悼と感謝を申し上げたい。二〇〇〇年春に在外研究で滞在したジョンズ・ホプキンス大学でレスター・サラモン先生から直に「第三者による政府」という教えを受けながら、すぐには理解できず、あれから二十年もたってしまった。今ようやく私なりに日本への応用問題の答案を提出できた気分だ。サラモン先生にも遥かに感謝のご挨拶を送りたい。当時、全米で犯罪率第一位のボルチモアの郊外にある別天地のように美しい大学には、世界各地からNPO研究者が集まっていた。研究室をシェアしていたのはロシアやブルガリアから、はるばるやって来た若者たちだった。彼らは今、どうしているだろうか。

早瀬昇さんや山岡義典さんたちとの対話も、本書の重要な部分になっている。二〇二〇年に全国の介護系NPOのリーダーの方々と集中的にオンライン対話が出来たことは逆境の中の幸運だった。全国いたるところに小さく光る活動がある…これが21世紀の《想像の小さな共同体》というイメージの原型になった。社会学の世界では大澤真幸さんや見田宗介先生、そして故加藤典洋さんの諸著作から本書につながる重要なヒントをたくさんいただいた。また本書の執筆に苦しんでいた最終段階で、第一読者として貴重な感想や示唆を与えていただいた弦書房の小野静男さんには、とても助けられた。ありがとうございました。

本書はＪＳＰＳ科研費（JP20H01574）の助成を受けたものです。みなさんに感謝いたします。

二〇二一年一月　　歴史に残るパンデミックの年の中で

安立清史

サンデル著、鬼澤忍訳, 2011,『これからの「正義」の話をしよう――いまを生き延びるための哲学』早川書房.）
――― 2012, *What Money Can't Buy-The Moral Limits of Markets.*（鬼澤忍訳, 2014,『それをお金で買いますか――市場主義の限界』早川書房.）
佐藤慶幸・那須寿・天野正子, 1995,『女性たちの生活者運動――生活クラブを支える人びと』マルジュ社.
佐藤慶幸, 1988,『女性たちの生活ネットワーク――生活クラブに集う人びと』文眞堂.
Steger, Manfred, B., 2003, *Globalization: a very short introduction*, Oxford University Press.（M. スティーガー著、櫻井純理・高嶋正晴・櫻井公人訳, 2010,『新版　グローバリゼーション』岩波書店.）
田中尚輝・安立清史, 2000,『高齢者 NPO が社会を変える』岩波書店.
田中尚輝・浅川澄一・安立清史, 2003,『介護系 NPO の最前線――全国トップ 16 の実像』ミネルヴァ書房.
栃本一三郎, 1997,『介護保険――福祉の市民化』家の光協会.
豊田謙二, 2004,『質を保障する時代の公共性――ドイツの環境政策と福祉政策』ナカニシヤ出版.
上野千鶴子, 2011,『ケアの社会学――当事者主権の福祉社会へ』太田出版.
上野千鶴子・樋口恵子（編著）, 2020,『介護保険が危ない！』岩波書店.
Weber,M., 1905, *Die protestantische Ethik und der 'Geist' des Kapitalismus.*（マックス・ヴェーバー著、大塚久雄訳, 1998,『プロテスタンティズムの倫理と資本主義の精神』岩波書店.）
山岡義典, 1999,『時代が動くとき――社会の変革と NPO の可能性』ぎょうせい.
山下祐介, 2012,『限界集落の真実――過疎の村は消えるか？』筑摩書房.
――― 2014,『地方消滅の罠――「増田レポート」と人口減少社会の正体』筑摩書房.
柳父章, 1982,『翻訳語成立事情』岩波書店.
――― 1995,『翻訳の思想――「自然」と NATURE』筑摩書房.
――― 2002,『翻訳文化を考える』法政大学出版局.

講談社.
——— 2019b,『平成史〈完全版〉』河出書房新社.
大熊由紀子, 1990,『「寝たきり老人」のいる国いない国——真の豊かさへの挑戦』ぶどう社.
——— 2010,『物語介護保険（上）（下）』岩波書店.
大澤真幸, 2007,『ナショナリズムの由来』講談社.
——— 2008,『資本主義のパラドックス——楕円幻想』筑摩書房.
——— 2011,『社会は絶えず夢を見ている』朝日出版社.
——— 2018,『自由という牢獄——責任・公共性・資本主義』岩波書店.
——— 2011a,『〈世界史〉の哲学　古代篇』講談社.
——— 2011b,『〈世界史〉の哲学　中世篇』講談社.
——— 2017,『〈世界史〉の哲学　近世篇』講談社.
岡本祐三, 1996,『高齢者医療と福祉』岩波新書.
岡本祐三・田中滋, 2000,『福祉が変われば経済が変わる——介護保険制度の正しい考え方』東洋経済新報社.
Powell, W. and Steinberg, R., 2006, *The Nonprofit Sector: A Research Handbook, Second Edition*, Yale University Press.
Putnum, R.D. and Campbell D.E. , 2010, *American Grace*.（デイビッド・パットナム著、柴内康文訳, 2019,『アメリカの恩寵』柏書房.）
Salamon, L. M, 1992, *America's Nonprofit Sector: A Primer*, Foundation Center.（レスター M. サラモン著、入山映訳, 1994,『米国の「非営利セクター」入門』ダイヤモンド社.）
——— 1995, *Partners in Public Service: Government-Nonprofit Relations in the Modern Welfare State*.（江上哲監訳, 2007,『NPO と公共サービス——政府と民間のパートナーシップ』ミネルヴァ書房.
——— 2014, *New Frontiers of Philanthropy: A Guide to the New Tools and New Actors That Are Reshaping Global Philanthropy and Social Investing*.（小林立明訳, 2016,『フィランソロピーのニューフロンティア——社会的インパクト投資の新たな手法と課題』ミネルヴァ書房.）
——— 2015, The Resilient Sector Revisited: The New Challenge to Nonprofit America, Brookings Institution Press.
Sandel, M. J. , 2009, *JUSTICE-What's the Right Things to Do*.（マイケル・

——— 2016,『世界をわからないものに育てること―文学・思想論集』岩波書店
——— 2017,『敗者の想像力』集英社.
権丈善一, 2020,『ちょっと気になる社会保障 V3』勁草書房.
Klein Naomi, 2007, *The Shock Doctrine: the Rise of Disaster Capitalism*, Metropolitan Books.（ナオミ・クライン著、幾島幸子・村上由見子訳, 2011,『ショック・ドクトリン 上・下』岩波書店.）
Kramer, R. M., 1981, *Voluntary Agencies in the Welfare State*, University of California Press.
Levitt, Steven D. and Dubner, Stephen J., 2005, *Freakonomics: a rogue economist explores the hidden side of everything*, William Morrow.（レヴィット&ダブナー著、望月衛訳, 2014,『ヤバイ経済学［増補改訂版］』東洋経済新報社.）
真木悠介, 2008,『自我の起源――愛とエゴイズムの動物社会学』岩波書店.
増田寛也, 2014,『地方消滅――東京一極集中が招く人口急減』中央公論新社.
Mills, Charles Wright., 1959, Sociological Imagination, Oxford University Press.（ライト・ミルズ著、鈴木広訳、1995,『社会学的想像力』紀伊国屋書店.）
見田宗介, 1996,『現代社会の理論――情報化・消費化社会の現在と未来』岩波書店.
——— 2006→2016,『社会学入門――人間と社会の未来』岩波書店.
——— 2018,『現代社会はどこに向かうか――高原の見晴らしを切り開くこと』岩波書店.
宮垣元, 2020,『その後のボランティア元年――NPO・25年の検証』晃洋書房.
森孝一, 1996,『宗教からよむ「アメリカ」』講談社.
中野好夫, 1963,『アラビアのロレンス（改訂版）』岩波書店.
仁平典宏, 2011,『「ボランティア」の誕生と終焉 ――〈贈与のパラドックス〉の知識社会学』名古屋大学出版会.
——— 2019,「社会保障――ネオリベラル化と普遍化のはざまで」小熊英二編『平成史〈完全版〉』河出書房新社, 287–387.
日本聖書協会, 1997,『新約聖書 新共同訳』日本聖書協会.
小熊英二, 2019a,『日本社会のしくみ――雇用・教育・福祉の歴史社会学』

フィット・レビュー』Vol.19, No.1 & 2, 3-12.
——— 2020b,『超高齢社会の乗り越え方——日本の介護福祉は成功か失敗か』弦書房.

Anderson, Benedict, 2006, *Imagined Communities: Reflections on the Origin and Spread of Nationalism*, Revised edition, London: Verso.（ベネディクト・アンダーソン著、白石隆・白石さや訳, 2007,『定本　想像の共同体』書籍工房早山.）

Anheier, H.K., 2014, *Nonprofit Organizations: Theory, Management, Policy, 2nd Edition*, Routledge.

Arendt, Hannah, 1958, *The Human Condition*, University of Chicago Press.（ハンナ・アーレント著、志水速雄訳, 1994,『人間の条件』筑摩書房.）

Boris, Elizabeth T. and Steuerle, C. Eugene, 2016, *Nonprofits and Government : Collaboration and Conflict*. Washington, D.C. : Urban Institute Press.（エリザベス・ボリス他著、上野真城子・山内直人訳, 2007,『NPOと政府』ミネルヴァ書房.）

Graeber, David Rolfe, 2018, *Bullshit Job: A Theory*, Allen Lane.（デイビッド・グレーバー著、酒井隆史・芳賀達彦・森田和樹訳, 2020,『ブルシット・ジョブ——クソどうでもいい仕事の理論』岩波書店.）

Hall, P, D., 2006, "A Historical Overview of Philanthropy, Voluntary Associations, and Nonprofit Organizations in the United States,1600-2000", Powell, W., & Steinberg, R.,2006, *The Nonprofit Sector: A Research Handbook*, Yale University Press,pp.32-65.

Harari, Yuval Noah, 2020,『緊急提言——寄稿とインタビュー』ハラリ著・柴田裕之訳, 河出書房新社.

早瀬昇, 2018,『「参加の力」が創る共生社会——市民の共感・主体性をどう醸成するか』ミネルヴァ書房.

介護保険制度史研究, 2016,『介護保険制度史』社会保険研究所.

柄谷行人, 1990,『マルクスその可能性の中心』講談社.

柄谷行人・見田宗介・大澤真幸, 2019,『戦後思想の到達点——柄谷行人、自身を語る　見田宗介、自身を語る』NHK 出版.

加藤典洋, 1997,『敗戦後論』講談社

——— 1999,『戦後的思考』講談社.

参考文献

安立清史，1998，『市民福祉の社会学―高齢化・福祉改革・NPO―』ハーベスト社．

――― 2002a，「NPO が開く公共性」佐々木毅・金泰晶編『公共哲学 7 中間集団が開く公共性』東京大学出版会，293-331.

――― 2002b，「高齢者運動」目加田説子編『市民の道具箱』岩波書店，120-121.

――― 2005，「福祉 NPO の展開と福祉社会学の研究課題」『福祉社会学研究　2』福祉社会学会，12-32.

――― 2006，「米国のシニアムーブメントはなぜ成功したか」『社会学評論』日本社会学会，Vol.57, No.2, 275-291.

――― 2007，「社会政策と NPO」『社会政策研究－特集・市民活動・NPO と社会政策』東信堂，Vol.7, 17-36.

――― 2008a，『福祉 NPO の社会学』東京大学出版会.

――― 2008b，「介護NPOの達成と課題」上野千鶴子・大熊由紀子・大沢真理・神野直彦・副田義也編『ケアその思想と実践 6　ケアを実践するしかけ』岩波書店，99-115.

――― 2012，「福祉コミュニティと福祉 NPO――岡村理論と NPO 理論の相補性」牧里毎治・高森敬久・岡本榮一編『岡村理論の継承と展開　第 2 巻 自発的社会福祉と地域福祉』ミネルヴァ書房.

――― 2013，「福祉ボランティアとＮＰＯ――福祉社会学の論点」藤村正之編『シリーズ福祉社会学 3　協働性の福祉社会学　個人化社会の連帯』東京大学出版会，9 章 183-202.

――― 2019a，「社会福祉法人改革のあと社会福祉法人はどこへ向かうか――P. ドラッカーの「非営利組織の経営」論からの示唆」関川芳孝編『社会福祉法人制度改革の展望と課題』大阪公立大学共同出版会，159-174.

――― 2019b，「日本の非営利セクターはどこに向かうか――レスター・サラモンの「第三者による政府」論からの示唆」関川芳孝編，175-192.

――― 2019c，「「介護」の先の《介護》はどこにあるか」『共生社会学』Vol. 9, pp.105-113.

――― 2020a，「日本の NPO 研究の 20 年―社会福祉と NPO」『ノンプロ

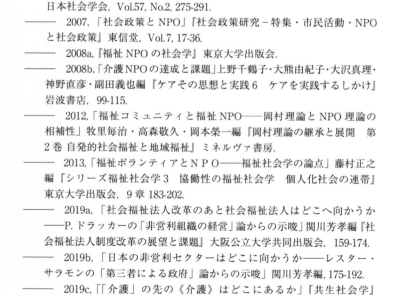

［著者略歴］
安立清史（あだち・きよし）
一九五七年、群馬県生まれ。
九州大学・大学院人間環境学研究院・共生社会学講座・教授。
専門は、福祉社会学、ボランティア・NPO論。
著書に、『超高齢社会の乗り越え方——日本の介護福祉は成功か失敗か』（弦書房、二〇二〇）、『福祉NPOの社会学』（東京大学出版会、二〇〇八）、『介護系NPOの最前線——全国トップ16の実像』（共著、ミネルヴァ書房、二〇〇三）、『ニューエイジング：日米の挑戦と課題』（共著、九州大学出版会、二〇〇一）、『高齢者NPOが社会を変える』（共著、岩波書店、二〇〇〇）、『市民福祉の社会学——高齢化・福祉改革・NPO』（ハーベスト社、一九九八）など。

21世紀の《想像の共同体》
——ボランティアの原理　非営利の可能性

二〇二一年三月三一日発行

著　者　安立清史《あだちきよし》
発行者　小野静男
発行所　株式会社　弦書房
（〒810・0041）
福岡市中央区大名二—二—四三
ELK大名ビル三〇一
電　話　〇九二・七二六・九八八五
FAX　〇九二・七二六・九八八六

組版・製作　合同会社キヅキブックス
印刷・製本　シナノ書籍印刷株式会社

落丁・乱丁の本はお取り替えします。

ISBN978-4-86329-224-6　C0036

◆弦書房の本

未踏の野を過ぎて

渡辺京二　現代とはなぜこんなにも棲みにくいのか。近現代がかかえる歪みを鋭く分析、変貌する世相の本質をつかみ生き方の支柱を示す。東日本大震災にふれた「無常こそわが友」、「老いとは自分になれることだ」他30編。〈四六判・232頁〉【2刷】2000円

橋川文三　野戦攻城の思想　一九五八－一九八三

宮嶋繁明　野戦攻城を続けるごとく思索の旅を続け、ナショナリズムの解明に正面から取り組んだ思想家の後半生。戦後をどのように生き直せばよいのかを日々考え続けた。独自性の高い精神史を紡ぎ出した足跡をたどる力作評伝。〈四六判・380頁〉2400円

死民と日常　私の水俣病闘争

渡辺京二　昭和44年、いかなる支援も受けられず孤立した患者家族らと立ち上がり、〈闘争〉を支援することに徹した著者による初の闘争論集。患者たちはチッソに対して何を求めたのか。市民運動とは一線を画した〈闘争〉の本質を改めて語る。〈四六判・288頁〉2300円

日本におけるメチル水銀中毒事件研究2020

水俣病研究会編　4つのテーマで最前線を報告。◆その解決は今なお見通せていない。〈水俣病〉の呼び名について／水俣病特別措置法が目指すもの／水俣湾埋立地が抱えているリスク／世界の水銀汚染と水俣条約〈四六判・232頁〉2000円

8のテーマで読む水俣病

高峰武　今も水俣病と向き合って生きている人たちの声に学ぶ、これから知りたい人のための入門書。学びの手がかりを「8のテーマ」で語り、最新情報も収録した一冊。近代史を理解するうえでこの問題は避けては通れない。〈A5判・236頁〉2000円

*表示価格は税別